EL PRIMER DISPARO

B

WERNER J. EGLI

EL PRIMER DISPARO

TRAD. DE JOACHIM VON MENTZ

B
EDICIONES B

MÉXICO · BARCELONA · BOGOTÁ · BUENOS AIRES · CARACAS
MADRID · MONTEVIDEO · MIAMI · SANTIAGO DE CHILE

Título original: Der Erste Schuss
Primera edición en alemán, 2010
por Verlang Carl Ueberreuter, Viena

El primer disparo

Primera edición en México, octubre de 2012

D.R. © 2010, Werner J. Egli

D.R. © 2012, Ediciones B México, por la traducción
Traducción de Joachim von Mentz

D.R. © 2012, Ediciones B México, S.A. de C.V.
   Bradley 52, Anzures DF-11590, MÉXICO
   www.edicionesb.mx
   editorial@edicionesb.com

ISBN 978-607-480-350-1

HICKMAN, TEXAS, 16 DE AGOSTO DE 2010

UN MUCHACHO Y UNA JOVEN en un Mitsubishi Colt se detienen en la gasolinera de Jim Colder.

Colder está sentado en un sillón viejo junto a la puerta de su tienda y observa cómo se baja el joven.

Es un muchacho guapo en jeans deslavados y una camisa blanca limpia, con las mangas arremangadas encima de los codos. Su pelo oscuro está cuidadosamente peinado con una raya del lado izquierdo.

Colder calcula que debe tener dieciséis o diecisiete años. A pesar de que no lo conoce, le parece haberlo visto alguna vez.

El joven lleva botas vaqueras sencillas y un cinturón trenzado de largas cerdas de caballo, blancas y negras.

El muchacho camina alrededor de la bomba de gasolina.

—¿Aquí es autoservicio? —pregunta.

Jim Colder asiente.

El joven examina a su alrededor. Mira hacia el crucero, el único en Hickman. Las casas allí son viejas. Banquetas techadas. Una toma de agua para bomberos pintada de rojo vivo frente a lo que fue el General Store, la tienda general, cuyas ventanas están cubiertas con tablas.

—¿Éste es el crucero principal en Hickman? —pregunta el muchacho.

Jim Colder asiente.

—Hasta donde yo puedo recordar, muchacho.

El joven se queda quieto. Clava su vista en el crucero, luego a lo largo de la calle que llega hacia Hickman por el norte. La calle se extiende hacia el desierto en la pálida luz de este atardecer, se pierde en la nada, antes de alcanzar la línea del horizonte apenas perceptible.

—¿Pasa algo? —pregunta Colder—. Me alegraría que por fin pasara algo.

—¿Cómo qué?

—Cualquier cosa.

—Eso no es nada —dice el muchacho—. ¿Cuánto tiempo lleva usted aquí sentado, señor?

—¿Hoy? —Colder se rasca la nuca—. Hoy y antes, una eternidad, muchacho.

—¿Se acuerda de un accidente? —el joven no quita la vista del crucero, y Colder de pronto sabe en qué parte de su memoria lo puede encontrar.

—Fue hace algo más de quince años —dice el muchacho.

Ahora Colder se levanta de su silla.

Él está viejo. La cadera le duele. Ahí está de pie, encorvado, y rescata las imágenes de sus recuerdos que ya creía haber olvidado.

—Tus padres venían de allá —dice y señala hacia el norte—. Webster en su *pick up* venía de acá. Debía haber parado. El letrero de alto todavía está allí. Pero él no se detuvo. Nunca nadie ha parado porque nunca llegaban dos coches al crucero al mismo tiempo. Nunca, hasta ese día, y desde entonces, tampoco, nunca más.

El joven no dice nada.

—Tú debes ser Rafael —dice Jim Colder.

Ahora el muchacho sonríe. Camina de regreso al Mitsubishi y abre la puerta del acompañante.

—Aquí sucedió —le dice a la muchacha. La joven se baja. El viento le ondea sus largos cabellos negros a través de la cara. Ella se los quita, los detiene con una mano y mira hacia el cruce.

El muchacho la toma de la mano, camina con ella sobre la calle llena de baches hasta el sitio, en donde en un día como éste chocó la *pick up* de Webster con el auto de sus padres.

Sobre las casas de Hickman se ciñen nubes oscuras de tempestad.

El muchacho y la joven están parados sobre el cruce. Se sostienen el uno al otro, como si quisieran evitar que se los lleve el fuerte viento.

A lo lejos, en el desierto, un torbellino danza entre los matorrales espinosos.

El muchacho y la joven no lo ven.

Jim Colder lo ve.

Se sienta de nuevo en la silla y piensa en aquel día, cuando en el último segundo arrebató al bebé del coche en llamas.

—¿Qué es lo que pasó, Lalo? —resopló Rafa—. ¿Qué les hiciste a esos?

—¡Nada! Ya te lo dije una vez. ¡Nada! ¡Nada! Ni siquiera sé quiénes son.

—¡Pues para que no les hayas hecho nada, andan muy calientes detrás de ti!

—Tú sabes lo que hice —replicó Lalo respirando con dificultad, mientras examinaba asqueado su nueva camisa blanca. Estaba completamente sudada y llena de manchas de sangre. También en las botas, llenas de polvo, descubrió unas manchas oscuras.

—¡Han matado a Gato y al Pequeño, Lalo! Por Dios, el Pequeño cuando mucho tenía trece años.

—¡Si tienes miedo, vete, Rafa! Si te quedas conmigo, también te matarán a ti.

Rafa evitó contestarle a su amigo. Con los ojos llorosos escudriñaba el camino de tierra hasta una curva, donde estaba el único árbol que arrojaba una sombra sobre los surcos que habían dejado las ruedas.

En algunos charcos se reflejaba el cielo, un azul claro con velos de nubes sucias y algunos trazos de condensación de los aviones, que volaban a más de diez mil metros de altura por encima de la ciudad y el desierto.

Lalo se colocó en cuclillas detrás de los restos de un Dodge viejo que alguien simplemente abandonó.

Con el paso de los años, el viento había acumulado tal cantidad de arena en esa chatarra que solamente sobresalían las aberturas de las ventanas y el techo abollado, perforado por balas de rifles y revólveres.

A unos cincuenta metros de distancia del camino estaban los escombros de una casa.

Aún existía parte de los muros. Una parte del techo de dos aguas sobresalía de los matorrales. Arriba de una escalera de concreto, sobre los dos últimos escalones, recubiertos con mosaicos de color rojo ladrillo, dormitaba una gruesa serpiente de cascabel. Su cuerpo abultado colgaba del escalón superior al siguiente.

Lalo se recargó con el hombro izquierdo en la lámina oxidada, esa que alguna vez había estado pintada de verde. Todavía eran visibles los restos de pintura.

El rostro y las manos de Lalo estaban embarrados de sangre.

Los dedos de la mano derecha sostenían el mango de una pistola.

La pistola también estaba ensangrentada.

Sangre por todos lados. En la boca tenía el sabor a sangre.

Deseaba poder tragárselo con una cerveza helada. O con un trago de mezcal. O con un porro.

Pero ahí afuera no había nada parecido.

Ahí afuera era el infierno.

Rafa estaba arrodillado en una hondonada detrás de unos cactus, apenas a tres pasos de su amigo.

Su boca estaba reseca. Respiraba agitado.

Habían corrido juntos unos tres kilómetros después de que Lalo convirtiera en chatarra un Jeep casi nuevo.

Su huída terminaba junto a las ruinas de la casa y el Dodge semienterrado.

Ahora tan sólo esperaban a sus perseguidores, no sabían quiénes eran.

De seguro, matones que no dudarían ni un segundo en asesinar a Lalo.

Tampoco Rafa podía esperar clemencia, era el amigo de Lalo desde que podía recordar, aun en esta situación, a la que había sido arrastrado por casualidad.

—¿En dónde estás herido? —exclamó en voz baja a Lalo, mientras nuevamente buscaba con sus manos temblorosas el celular en todas las bolsas.

—Aquí, en cualquier lugar —Lalo mostró el lado inferior derecho de su pecho y a pesar de que tenía terribles dolores, sonrió con una mueca cuando notó la cara de preocupación de Rafa—. El lado equivocado. El corazón está aquí.

—Si te atrapan, te van a dar en el lugar correcto, Lalo.

—En la cabeza. Justo entre los ojos. Así lo hacen siempre. Justo entre los ojos. Yo sé cómo es. Puedo tirarle a un hombre exactamente entre los ojos a seis metros.

—¡¿Cómo lo vas a saber, si nunca lo has hecho?! —preguntó Rafa dudando.

—Lo sé, así de sencillo —contestó Lalo—. Créeme, yo lo sé.

Allí, en donde la calle desaparecía rodeando una elevación, apareció ahora la *pick up*, una Nissan plateada con llantas anchas.

Iba lenta, casi como tortuga. Se balanceaba entre los surcos del camino y los baches.

Se veía imponente, con el tumbaburros montado encima de la defensa delantera y las llantas pesadas.

Habían arrancado el parabrisas.

Del conductor y del acompañante, que llevaba una pistola en la mano, sólo se distinguían las siluetas.

Atrás, sobre la plataforma, estaban parados otros dos hombres. A uno de ellos el aire del movimiento le pegaba los pelos en la cara. El otro llevaba una gorra de béisbol y lentes oscuros.

Ambos estaban armados, uno con una AK 47, el otro con una pistola automática.

Lalo tomó su pistola con ambas manos y la sostuvo con el cañón hacia el cielo. Cerquita de su cara. Tenía los ojos cerrados y por un momento a Rafa le pareció que Lalo estaba rezando. Besaba suavemente la pistola en su mano, sumido en una oración, como si el arma fuera un crucifijo que pudiera librarlo de todo mal.

Solamente fueron unos segundos lo que duró la concentración de Lalo, pero su amigo Rafa se grabó esta imagen tan profundamente en su memoria que nunca más la olvidó.

—¡Lalo!

Lalo giró su cabeza.

—¿Qué tienes?

—¿Qué pasa cuando morimos?

—¿Qué quieres que pase?

—Ya nada.

—Probablemente ya nada.

—A lo mejor sí hay algo después.

—No. Yo creo que no.

—Entonces, ¿por qué rezaste?

—Yo no recé.

—Tú rezaste y besaste la pistola.

—La pistola, sí. En la pistola sí puedo confiar.

—Lalo…

—Sí.

—Adiós.

—¡Carajo, hazte chiquito, Rafa! —le reclamó Lalo.

Rafa se agachó. En ese momento sintió cómo su corazón se empezaba a acelerar de nuevo. Ahora su boca estaba completamente seca. Necesitaba agua. No necesitaba nada más que un traguito de agua. Y un poquito más de aire para respirar. Pero no recibió ninguno de los dos. Todo lo que obtuvo fue un gran miedo. Miedo de morir, pues estaba seguro de que Lalo, con esa pistola, no tenía posibilidad en contra de esos matones.

Ambos morirían. Aquí, en este desierto, en donde nunca los iban a encontrar, a pesar de que el *freeway* y la ciudad quedaban tan cerca que era posible distinguirlos.

Rafa pensó en salir y entregarse, pero sabía que sus perseguidores aun así no lo iban a perdonar.

Todavía quedaban unos cien metros entre los dos muchachos y la *pick up*.

Cien metros de desierto con escasa vegetación, con algunos matorrales y pequeños cactus con espinas largas. Maleza de mesquite, cada rama cubierta de espinas. Piedras. Las dos huellas de llantas y la ruina de la casa. La carcacha enterrada en la arena.

Fuera de eso, nada.

Del cuello de su playera Rafa sacó la medalla con la imagen de la Virgen de Guadalupe, que traía colgada del cuello con una cadena de oro, y la colocó en sus labios.

Ambos habían estado recientemente en la iglesia de San Ignacio y habían rezado, el uno para el otro.

Hace poco el mundo era casi normal para ellos dos, y cuando menos Rafa había tenido la esperanza de que el cielo los protegería.

¿Y ahora?

¿Acaso Dios los iría a ver ahí? ¿Estaría echando una mirada a ese sitio?

Era poco probable, pensó Rafa. *Este sitio pertenece al infierno. El que muere aquí, muere solo.*

Durante la huída de los matones, Gato y Kaká ya habían muerto. Gato, un muchacho no mayor que ellos mismos, y ya era matón. Y al muchacho, que llamaban Kaká. Los habían alcanzado las balas que los matones dispararon desde la *pick up*.

Rafa se pasó la lengua sobre los labios partidos, donde se había formado una costra de polvo y saliva.

¿Sería posible que su madre y su padre lo pudieran ver ahora?

¿Estarían allí, allá arriba en el cielo? Si es que había un cielo…

A veces había estado tan completamente seguro de eso, que ni la menor duda podía enturbiar su fe.

Pero ahora, en este momento, en que oprimía la medalla sobre sus labios, parecería que su fe se esfumaba. Entonces, dejó caer la medalla sobre su pecho, en la playera sucia que se le pegaba.

El ruido del motor de la *pick up* seguía siendo bajo, el conductor casi no aceleraba.

Lentamente, casi con paso de tortuga, se acercaba al sitio en donde estaban escondidos Rafa y Lalo. Faltaban unos veinte metros para llegar con ellos. Veinte metros.

Lalo estaba listo.

Él estaba listo para luchar y también listo para morir.

Rafa lo podía leer en la cara de su amigo. Lalo respiraba por la boca totalmente abierta. También sus ojos estaban muy abiertos. Al siguiente instante saltaría y empezaría a disparar, pero precisamente en ese instante, cuando la *pick up* estaba a menos de diez metros de ellos, repentinamente el carro se paró.

Con el motor de la Nissan en neutral, el conductor se bajó.

No cerró la puerta. A la escasa sombra de la *pick up*, abrió su pantalón y empezó a mear. Rafa y Lalo lo oían. Meaba como un caballo.

—En esta pinche región se pueden esconder como dos liebres —dijo—. Volteen alrededor. Por todos lados hay piedras y matorrales, y en todos lados cunetas deslavadas y montículos con surcos. Pueden haberse escondido allá atrás o por allá. O allá. Aquí hay un chingo de lugares donde pueden haberse escondido.

—¿Qué hacemos ahora?, ¿lo dejamos? —preguntó el acompañante que llevaba unas salpicaduras de sangre en la cara.

—¡Pues no nos queda de otra! —el conductor terminó de mear y cerró su pantalón—. A lo mejor se escondieron allá, detrás del muro.

—¿Quieres que vaya a ver? —preguntó uno de los dos hombres sobre la plataforma.

—Okey. ¡Ve a ver! Pero ten cuidado. Mejor ve con él, Pollo, ¡y le cubres la espalda!

Los dos hombres saltaron de la *pick up* y agachados se dirigieron hacia la casa en ruinas.

Habían llegado a pocos pasos de lo que quedaba del muro cuando la serpiente en la escalera empezó a cascabelear.

Asustados, los dos hombres dieron un salto atrás maldiciendo con leperadas.

—*You motherfucking bitch* —exclamó uno de ellos en inglés, se colocó la AK-47 al hombro y le tiró a la víbora, pero las balas sólo destruyeron los mosaicos rojos de los escalones. De inmediato, la serpiente se deslizó por el suelo y desapareció por una rendija de la pared.

—¡Pendejo, cabrón!, ¡qué te pasa, tirar nomás a lo loco! —gritó el chofer.

—¡Era una cascabel! —respondió el hombre que había disparado.

—¡En todos lados hay pinches víboras! Eso ya lo saben. Tus tiros se pueden oír a lo lejos. Con esta suerte del diablo, seguro está cerca una patrulla de la migra. Ándale, larguémonos de aquí antes de que aparezcan los guardias.

Los dos hombres regresaron corriendo y se treparon de prisa en la caja. El conductor y el acompañante subieron. El conductor sufrió un rato para darle la vuelta a la *pick up* en el angosto camino.

Salieron rápido, mucho más rápido que cuando llegaron. Cuando desaparecieron detrás del pequeño montículo, Rafa cerró los ojos y se cubrió la cara con las dos manos.

Se quedó inmóvil, en donde había estado en cuclillas entre las piedras, y sintió cómo le querían brotar las lágrimas.

Lalo bajó la pistola, pero cuando intentó levantarse, no le respondieron las piernas. Perdió el equilibrio y cayó. Sin moverse, quedó acostado en el piso, la cabeza recargada de lado sobre una piedra de manera que podía ver a su amigo Rafa.

—Rafa —musitó—, tuvimos una maldita suerte.

Rafa bajó las manos.

—A lo mejor no deberías maldecir, Lalo. Precisamente aquí no.

—¿Por qué? ¿Crees que alguien nos pudiera oír? No hay nadie, sólo tú y yo.

—Y un Ángel de la Guarda.

—Un Ángel de la Guarda —Lalo se rio quedito—. ¿Te refieres a la cascabel? O de verdad, ¿crees en ángeles, Rafa?

—Hace unos minutos, cuando pescaron al Gato y a Kaká empecé a dudar.

—¿Y ahora? —Lalo se pasó suavemente el dorso de la mano sobre la boca.

—Ahora sé de nuevo que los tiene que haber. Aunque no para todos.

Lalo se apoyó en una de sus manos. En la otra todavía sostenía la pistola.

—Ya sé, tú tienes un Ángel de la Guarda desde que viniste al mundo.

—Si no, me hubiera muerto aquella vez en Hickman. Junto con mis padres.

Lalo colocó su mano en la doliente herida de su lado derecho.

—Yo nunca tuve uno. Ninguno, desde el principio. Pero todavía estoy vivo. Igual que tú. De acuerdo, esta vez apenas la libramos, ¿verdad? Digo, yo ya iba a saltar y empezar a tirar, cuando se paró la *pick up*. ¿Oíste cómo meó el chofer? Meó como un caballo, como un animal.

Lalo se paró lentamente y miró alrededor. Estaba encorvado, la cara desencajada por el dolor y llena de polvo. La camisa sucia le colgaba chueca de los hombros.

—¿Acaso sabes en dónde estamos? —se quejó.

—No exactamente. Pero allá atrás tiene que estar la chimenea de la refinería de cobre de ASARCO —Rafa se levantó.

La cadena de oro con la medalla le colgaba encima de la playera negra.

Estaban en una hondonada. La gigantesca chimenea no se veía.

—Tenemos que conseguir agua de algún lado. Y tu herida necesita curación.

Lalo arrojó una mirada a su reloj de pulsera. Luego sacó su celular nuevo de la bolsa de su pantalón, pero de inmediato lo regresó, recordó que la batería todavía no estaba cargada.

—Son las cuatro. Mientras haya luz no podemos salir de aquí y subir al *freeway*. La migra seguro que está vigilando por acá. Cuando oscurezca, tendremos mejor posibilidad de que no nos vean, aunque tienen dispositivos de observación nocturna. Desde el *freeway* podemos llamar a mis amigos. Ellos vendrán por nosotros y nos regresarán a la ciudad.

—¿Tus amigos?, ¿y quiénes son tus amigos? ¿Apoco aquéllos, que te dieron el dinero?, ¿o acaso Gato y Kaká eran tus amigos? ¿Puedes confiar en tus amigos en una emergencia?

—Y tú, ¿tienes amigos en los que puedes confiar, Rafa? Carajo, no hagas como si mis amigos hubieran tenido la culpa de que nosotros aquí...

—No dije eso. Sólo dudo que tus amigos te ayuden a salir de esta mierda. Te has metido con gente que es más impredecible que unos perros salvajes. Si les estorbas a esos bastardos, te descuentan.

—No sabes ni de lo que estás hablando —contestó Lalo con una voz, con la que hubiera querido sacar todos los dolores de su cuerpo.

—¡Yo acabo de estar presente mientras dos de tus amigos eran asesinados! Y si no hubiera sido por la cascabel, también nosotros estaríamos fríos. Muertos en el desierto.

Como miles de nosotros. Simplemente acribillados como dos perros.

—No debes pensar en este asunto. ¿Cuántas veces ya te lo he dicho hoy? ¡Es mi vida! ¿Cuántas veces ya lo he dicho, y no sólo hoy?

Rafa no esquivó la mirada de su amigo. Ésta vez no.

—¿Quiénes son tus amigos, Lalo, con los que te has encontrado tantas veces en las últimas semanas?

—Son sólo amigos, carajo.

—¿Quiénes son, carajo?

—¿Qué ganas con que te lo diga? Sólo te vas a preocupar más. Y a la mejor un día vas corriendo a la policía porque piensas que me debes proteger. O se lo dices a Loretta, porque piensas que Loretta me puede llevar a un camino mejor. Pero mi camino es mi camino, Rafa. Nadie me va a quitar de él, ni siquiera Loretta.

Rafa lo miraba furioso.

—Tú tampoco, ¡caramba! Yo tengo quince años. Yo sé lo que quiero.

—Gato también creía que lo sabía. El más pequeño a lo mejor todavía no. Él a lo mejor pensaba: a mí no me puede pasar nada, porque estoy muy chavo y me veo débil, como si no pudiera hacerle daño a una mosca.

—¡Gato y Kaká simplemente tuvieron mala suerte!

—Y nosotros dos. Tuvimos una suerte endemoniada.

—¡Yo quiero andar por mi propio camino! —bramó Lalo—. Es el único chance que tengo. Vivimos encerrados en un orfanato para niños sin padres y nuestras oportunidades en la vida son igual a cero. Yo eso no lo quiero, ¿me entiendes?

—Entonces, ¿qué quieres, Lalo?

—Todo.

—¿Todo?

—Un reloj distinto. Mira, éste es un Timex que costó dieciocho dólares.

—Te lo robaste aquella vez.

—Sí, pero de todos modos, si lo hubiera querido comprar me hubiera costado dieciocho dólares. ¿Alguna vez tuve dieciocho dólares? No. Nunca en mi vida había tenido dieciocho dólares que pudiera haber gastado por un reloj. Pero hoy eso ha cambiado. Hoy tengo más de cien dólares en la bolsa, aun ahora, después de haberme comprado el celular y la ropa cara, además de las botas preciosas, ¡que ahora están arruinadas!

—Por Dios, tú no entiendes nada —espitó Rafa desesperado—. Hoy tienes unos cuantos dólares más, es cierto, ¡pero por ese dinero tuviste que venderle tu alma al diablo!

—Carajo, ¿cuándo entenderás algo? No tienes la menor idea de nada.

—Entonces, ¡confiésame lo que tuviste que hacer por ese dinero, Lalo! Dime quiénes son tus amigos y quiénes eran nuestros perseguidores, los que mataron a Gato y a Kaká.

—Puedes seguir preguntando todo lo que quieras, ¡no te lo diré nunca!

—¿Entonces sí has tenido que matar a alguien?

Ahora Lalo calló.

—¿Con esta pistola?, ¿le has disparado a alguien? ¿Por eso te perseguían?

Lalo hizo una mueca.

—No te lo diré nunca.

—¿Por qué?

—Porque no tiene nada que ver contigo, ¡carajo! Y porque hoy prefiero no escuchar un sermón de un apóstol moralista como tú.

—Entonces, ¿tiene que ser algo grave, si no me lo puedes decir?

—No lo es.

—Entonces, ¿por qué no me lo dices?

—Porque eres mi amigo.

Rafa inclinó la cabeza y fijó la vista en sus zapatos empolvados. Lalo fue hacia él y lo agarró del brazo.

—No he matado a nadie —gruñó furioso—. Te lo juro. Si hubiera matado a alguien no me hubieran dado unos cuantos cientos de dólares. Un verdadero sicario recibe miles de dólares por un asesinato. Imagínate eso, Rafa, tendríamos miles de dólares en vez de unos cientos.

—¿Qué harías?

—¿Si tuviera unos miles de dólares?

—Sí, sí tuvieras unos cuantos miles de dólares. ¿Qué harías?

—Comprarme otra ropa —rio Lalo ronco.

—Comprar trapos con dinero de sangre —dijo Rafa asqueado.

Lalo bufó por la nariz.

—¿Por qué te haces el tonto? Dinero es dinero. Y no apesta, ni siquiera cuando es dinero de sangre. Mi camisa también apesta. ¿La hueles? Mi camisa apesta porque tuve miedo como un perro cobarde. Entonces es cuando uno comienza a apestar. Cuando matas a alguien no empiezas a apestar. Es el otro, el que apesta. Tú no. Tú lo liquidas, cobras la lana y vas de compras. Así de sencillo.

—¿Te les ofreciste de sicario?

—Mejor piensa cómo salimos de aquí.

—A pie —tronó Rafa.

Lalo se sentó en una piedra y se limpió el sudor de la frente.

—Sin agua no llegaremos lejos.

—No es lejos hasta las siguientes casas o al *freeway* —Rafa miró a lo lejos. A cualquier parte.

—¿En qué piensas? —le preguntó Lalo.

—Un asesinato sería suficiente para construir una alberca —contestó Rafa acechándolo, sin mirar a su amigo—. Una sola muerte.

—Cómo lo dices. Cómo si yo ya fuera un asesino. En lugar de eso deberías examinar mi herida. Probablemente sólo sea un rozón, pero arde como el infierno. Y también sangra. Mira, esta camisa nueva ya está arruinada.

Rafa se dio la vuelta y marchó hacia el camino de carretas. Sin voltear ni siquiera una vez, caminó entre los surcos de las ruedas hacia el oeste. Las primeras casas de la ciudad estaban a menos de tres kilómetros de distancia. Las chozas de gente pobre.

—¿Qué demonios haces? —Lalo lo seguía cojeando encorvado—. ¡Párate! No podemos ir a la ciudad así nomás. Tenemos que escondernos en algún lugar.

Rafa se detuvo en un charco que la *pick up* había atravesado minutos antes. El agua estaba color café. Rafa se puso en cuclillas, recogió un poco de agua con las dos manos y la bebió.

—Ojala no sea el charco en el que meó —se rio Lalo cuando llegó con su amigo.

Rafa se levantó y siguió caminando para que Lalo no viera las lágrimas que le corrían por la cara.

Hasta que estuvo oscuro, se atrevieron a acercarse a la ciudad.

La ciudad era El Paso.

En realidad, el nombre completo de la ciudad es El Paso del Norte, lo cual quiere decir aproximadamente "donde está el paso hacia el norte". Ahí estaba la orilla que cruzaba el Río Grande, el cual alguna vez tuvo el nombre completo de Río Grande del Norte. Hoy, ni la ciudad ni el río se nombran así. Sólo se llaman El Paso y Río Grande.

El río es, como lo dice su nombre, un río grande. Uno de los más grandes en América del Norte.

En su trayecto hacia el Golfo de México fluye por más de tres mil kilómetros en la frontera entre México y Estados Unidos. El río separa Estados Unidos de México.

Las personas que nacen y viven al norte del río son norteamericanos. Aquellos que viven al sur del río son mexicanos.

Pero la frontera no sólo separa a los hombres, también separa las ciudades de El Paso, al norte, y Ciudad Juárez, al sur.

Allí donde alguna vez estuvo la orilla del río ahora está un puente grande, con el cual se llega cómodamente de Texas a México y viceversa.

Otro asunto es que haya más gente queriendo ir del sur al norte, que en sentido contrario.

Y otro asunto aparte, es el hecho de que a la gente del norte no le gusta que llegue gente del sur.

Muchos quieren ir al norte, a los Estados Unidos, porque piensan que allí la vida es más sencilla: ganar dinero, tener un automóvil, construir una casa y ser feliz hasta el fin de sus vidas.

Pero, la gente del norte ya no quiere tener más gente del sur. La Border Patrol, una tropa que vigila la frontera de día y de noche y detiene a los que intentan ingresar ilegalmente, evita que los del sur atraviesen la frontera.

La gente le teme a esta tropa, la llaman la "migra", una abreviación de la palabra *Inmigration*. Los de Estados Unidos llaman *wetbacks*, "espalda mojada", a aquellos que quieren ingresar ilegalmente a su país.

Espaldas mojadas, porque antes y aún hoy en día tienen que atravesar el Río Grande nadando y llegan al norte empapados.

Los padres de Rafa y de Lalo eran de aquellos que habían ingresado ilegalmente a los Estados Unidos.

Hacía quince años salieron del sur de México hacia el norte. En un sitio de escasa visibilidad cruzaron nadando el Río Grande en una parte poco profunda, y buscaron su suerte en Texas y Nuevo México.

Sólo que no la encontraron.

Eso les pasa a muchos inmigrantes ilegales.

Creen que Estados Unidos es el paraíso donde sólo viven hombres felices. Pero ¿dónde existe eso en el mundo?

La historia de Rafa y Lalo no empieza el día en que cerca de El Paso a duras penas escaparon de unos matones.

La historia empieza más de catorce años atrás.

CATORCE AÑOS ES MUCHO tiempo y, a pesar de eso, a Rafa y Lalo les parecía que la época de su niñez había transcurrido como uno de esos remolinos raros. Esos que a veces aparecen como de la nada en el desierto y bailan como locos entre las matas espinosas antes de desaparecer sin dejar huella.

En muchos lugares estos remolinos, también llamados "diablos de polvo", eran considerados, desde siempre, presagios de sucesos raros.

Aquel día en que uno de esos remolinos pasó bailando por la polvosa calle principal de Hickman, casi nadie le prestó atención. Parecía que quería alertar a la gente de la desgracia que iba a suceder en esta pequeña, tranquila ciudad, durante ese día caluroso y sofocante.

Una desgracia con la que no contaba ninguno de los habitantes de Hickman, pues aquí en Hickman, desde hacía bastante tiempo, no sucedía nada. Nada de lo que hubiera sido suficientemente importante para un encabezado en el periódico de Del Río, el pueblo más grande en la cercanía.

La gente de Hickman vivía igual todos los días, en pequeñas casas de madera sobre calles polvosas, situadas a la izquierda y a la derecha de la calle principal. Lo mismo que la calle principal, iban en dos direcciones, de oeste a este, o sea, de ningún lado a ningún lado, como solía decirle Jim Colder a todo aquél que por casualidad se detenía en la pequeña tienda de comestibles porque necesitaba gasolina o una bebida refrescante.

Esta tarde seca, polvosa, caliente, había tres hombres sentados en la tienda, café, taller y gasolinera de Colder, y bebían cerveza de malta de lata. El anciano Eugene Pook incluso les preguntó más tarde si no habían visto aquel alocado "diablo de polvo" que levantaba aquella polvareda de plástico y papel en la calle principal, y se había quedado estacionado varios segundos en el cruce de Main Street y Río Grande Street, es decir, delante de la gasolinera, antes de salir volando hacia el este.

El accidente había sucedido unas cuantas horas antes.

Afuera, en el cruce, todavía brillaban los cristales de los vidrios y de los faros de ambos coches, algunos rojos como sangre, como rubís.

Esa tarde nadie atravesó el cruce directamente, como lo solía hacer la mayoría de la gente.

Al centro del cruce todavía quedaba una mancha oscura sobre el asfalto, en donde uno de los autos, un Ford Stationwagon abollado, había chocado a toda velocidad con la pequeña *pick up* de Bill Webster, y se había incendiado.

Por un breve momento el infierno se desató en Hickman.

Había dos cadáveres quemados, el de un hombre, que había conducido el Ford, y el de una mujer. Ésta probablemente era la madre del niño que había estado atrás amarrado al asiento de bebé, de donde había sido rescatado en el último segundo por Jim Colder y tres hombres de un café.

Nunca pudo aclarase por completo lo que cada uno había visto exactamente.

Cuando Bill Webster volvió en sí dos días después en el hospital de Del Río, no pudo recordar nada. Tenía las dos piernas fracturadas y un fuerte traumatismo cerebral.

Henry Rabensack, uno de los tres hombres, había estado sentado dando la espalda a la ventana, y solamente había visto el accidente porque por casualidad volteó la cabeza y miró hacia el cruce cuando sucedió.

Rabensack declaró a la policía que Webster no hizo caso de la señal de alto en el cruce, porque nunca imaginó que se le atravesaría otro vehículo. En Hickman, eso sólo era posible una vez cada cien años.

—Webster —continuó con su declaración a la policía— estaba bajando su ventanilla porque el aire acondicionado, en su carcacha, nunca había funcionado bien, y tampoco funcionaba en esta tarde calurosa, poco antes de una tormenta. Yo le vi el ojo a Webster, cuando los dos chocaron sin frenar en medio del crucero.

—¿Sin frenar? Quién sabe lo que Henry dice haber visto, pero yo vi cómo prendieron las luces de freno de la *pick up* de Billy —declaró Walt Keene, quien también había estado en el café de Colder.

—Es dudoso que siquiera hayan funcionado —comentó Colder en su declaración al respecto—, si no me equivoco, la luz de freno derecha estaba descompuesta desde semanas atrás. Varias veces le pedí a Webster que pasara al taller para colocarle un foco nuevo.

De todas las preguntas de la policía, solamente se pudieron poner de acuerdo en unas cuantas respuestas: que el hombre había manejado el Ford Stationwagon; que poco después del choque surgieron las primeras llamas de la parte posterior del Ford, y pronto una nube negra cubrió el sol, de modo que el cruce se oscureció igual que en un eclipse de sol.

Eso también fue a causa de las formidables nubes de una tormenta que, al momento del accidente, se estaban acrecentando sobre la ciudad.

Murieron dos personas. Una pareja joven en camino a Del Río.

Su hijo, de apenas unos meses de edad, sobrevivió por la acción heroica de los tres hombres en el café de Colder.

La parte trasera del Ford ya estaba ardiendo, cuando Jim Colder y Henry Rabensack lograron abrir la puerta trasera del Ford con una barreta doblada. Las llamas les arrojaban humo caliente en la cara.

—¡Agua! —le gritó Walt Keene a la gente que había salido corriendo a la calle, pero que por miedo no se atrevía a acercarse al Ford—. ¡Dios mío, allá atrás está un bebé! ¡Un bebé, oigan! Tenemos que salvarlo.

No era posible alcanzarlo desde el asiento del conductor, pues allí estaba trabada la camioneta de Webster con el Ford. Y del otro lado, donde estaba el tubo para llenar la gasolina, las llamaradas ya salían del coche.

Después de romper el vidrio, la única puerta que podían abrir, era la puerta trasera izquierda.

Henry Rabensack era un hombre gigante y también Jim Colder disponía en ese momento de unas fuerzas de oso, a pesar de que comparado con Rabensack, era más bien delgado. A pesar de los esfuerzos de los dos, tardaron casi cuatro minutos en abrir un poco la puerta para que Colder pudiera meter su brazo.

El niño estaba amarrado en el asiento de bebé y las llamas salían de donde quedaba el seguro.

—¡Necesito un cuchillo! —gritó Colder—. Por Dios, que alguien me traiga un cuchillo.

Keene corrió al taller y regresó con un cuchillo para tapetes.

Mientras tanto, habían abierto la puerta lo suficiente pero el fuego le impedía a Colder entrar al interior del auto. Sus ojos lloraban. Sus pulmones ardían con cada respiración. El calor le quemaba los vellos sobre el brazo y las cejas sobre los ojos. Se estaba quemando el brazo izquierdo mientras buscaba el seguro. Los dolores se volvieron insoportables, pero Jim Colder no cejó. Y por fin Keene le dio el cuchillo a Rabensack, y éste se lo pasó a Colder, quien por fin logró cortar el cinturón y arrancar el bebé de las llamas.

Esto sucedió justo a tiempo pues cuando los tres corrieron a ponerse a salvo, el tanque del Ford explotó y se desató el infierno.

La gasolina ardiendo se esparció sobre el asfalto y la gente temió por sus casas y por su ciudad.

El camión de bomberos de Hickman llegó rechinando y cubrió las chatarras ardientes con un tapete de espuma.

Habría pasado apenas medio minuto, cuando retumbaron unos truenos que estremecieron la tierra, y se desató la más terrible tormenta en toda la historia de la pequeña ciudad.

Los restos de los automóviles quedaron en medio del aguacero como los esqueletos negros de dos monstruos prehistóricos, que se habían trabado en su lucha a muerte.

De las llantas, que habían ardido, se desprendió una sucia y viscosa pasta de espuma y hule fundido, formando islas pequeñas y grandes en el agua que corría atravesando el cruce, convirtiendo a la avenida Río Grande en un torrente.

La tormenta no duró ni una hora, pero después Hickman ya no fue lo que alguna vez había sido.

En el consultorio del médico estaba acostado un niño pequeño, que como por un milagro no sólo había sobrevivido, sino que prácticamente no tenía lesiones.

El bebé llevaba alrededor del cuello una cadena de oro con una pequeña medalla. En ella estaba grabada su fecha de nacimiento. Y las letras RR.

Los periódicos, incluso la televisión, relataron el accidente y contaron del bebé que había perdido a su padre y a su madre. Y también contaron del heroico valor de los tres hombres que habían arrancado al bebé de una muerte segura entre las llamas.

Por fortuna, el interés en el caso se fue reduciendo y los medios prefirieron otras desgracias con otras víctimas y otros héroes.

Transcurrieron algunas semanas y en Hickman ya nadie creía que se podía determinar quién era el bebé, cuando se supo que había nacido en Lubbock, y quien nace en Estados Unidos automáticamente se convierte en un ciudadano americano. Por este motivo el niño, llamado Rafael Robles no fue deportado a México, sino que ingresó a un orfanato en El Paso, donde la mayoría de los niños eran huérfanos de padre y madre.

No fue posible localizar a sus parientes. Tampoco se supo nunca de alguien que preguntara por él, o incluso solicitara su custodia.

Little Rafa, como lo llamaban cariñosamente el doctor y su esposa, estaba completamente sólo en este mundo.

Solamente de vez en cuando, el doctor de Hickman y su familia llegaban a visitarlo. Al principio una o dos veces al año. Y cada año en su cumpleaños recibía un paquete de ellos. Juguetes, un osito de peluche, una marimba de juguete, dos conejitos de piel.

Sin embargo, más adelante este pequeño Rafa no estuvo tan sólo. El día en que sucedió el accidente en Hickman, en el que fallecieron sus padres, en la pequeña ciudad Mesilla, New Mexico, nació un niño que se llama Hilario.

Con el mismo cariño con el que el doctor y su esposa le decían a Rafael *Little Rafa*, a Hilario su mamá lo llamaba Lalo, o también *Lalito*.

Hilario *Lalo* Gutiérrez decía en su acta de nacimiento. El nombre de su madre era Teresa. En donde debería haber estado el nombre de su padre decía: «desconocido».

Lalo no tenía papá, o cuando menos no sabía nada de él. Ni tampoco años más tarde lo pudo identificar, cuando lo atrapó la policía porque había robado un automóvil y lo quería pasar ilegalmente por la frontera a México para venderlo allí.

En esos días, cuando el detective Burton Mills lo interrogó en la estación de policía del centro de El Paso, tenía doce años.

—¿Cómo te llamas, niño?

—Lalo.

—¿Lalo?

—Hilario.

—¿Hilario y qué más? Caramba, ¿tengo que sacarte cada palabra de la boca?

—Gutiérrez.

—*Okey*. Ahora, tu padre, ¿cómo se llama?

—No. No tengo papá.

El detective Mills frunció el ceño.

—Nunca tuve uno —dijo Lalo y miró directamente a los ojos del funcionario. Éste sintió como si la mirada de Lalo lo traspasara.

«Somnoliento, como un perrito joven», escribió el funcionario en su reporte.

—¿Y una mamá? ¿Siquiera tienes una mamá o eres un extraterrestre?

—Claro que tengo una mamá. De ella nací en Mesilla, en New Mexico.

—¿Dónde está tu mamá ahora?

—Murió cuando nací.

El detective Mills se limpió la cara con un pañuelo de papel, lo apretó y luego lo arrojó a un basurero de plástico. A pesar de que el aire acondicionado estaba funcionando, los arroyos de sudor le escurrían dentro de su camisa del uniforme.

—Entonces, ¿eres huérfano completo?

—No sé lo que sea eso, pero lo soy —le contestó Lalo al funcionario.

El detective Mills lo miró. Pasaron algunos segundos en los que el único ruido, en el pequeño espacio, venía del aire acondicionado. Lalo bajó la vista al suelo. Luego miró al techo. Hacia el espejo desde el cual posiblemente lo estaban observando. Hacia la ventana con barrotes, con vidrios opacos, de modo que no se podía ver ni hacia adentro ni hacia fuera.

—¿Es todo lo que sabes de tus antepasados? —preguntó Mills, después de haber hecho algunas anotaciones en su libreta.

—Eso es todo —dijo Lalo.

—¿Tienes una identificación, muchacho?

—No la traigo conmigo.

—¿Dónde puedo obtener la identificación?

—En la Casa Loretta.

—¿El orfanato?

—Sí.

—¿Sabes el número de teléfono de allí?

Lalo le dio el número al detective.

Burton Mills llamó desde su celular. Mientras, observaba a Lalo. Éste estaba sentado en un banquito frente a la mesa y miraba sus uñas. Antes se mordía las uñas, ahora solamente las miraba como si buscara algo que pudiera mordisquear.

Pero las uñas de Lalo estaban perfectas. Limpias. A él le gustaban sus manos. Sobre todo la derecha, que había sostenido el revólver con el que por primera vez en su vida le había disparado a un hombre. Durante un asalto a una pequeña tienda en Ciudad Juárez.

En ese asalto, Lalo había obtenido poco menos de mil pesos. No había más en la caja.

Con eso, se compró una bola de *crack*, la desmenuzó en partes y se la fumó.

Pero eso no lo sabía el detective que lo observaba. No sabía nada de él. Solamente que se llamaba Hilario Gutiérrez y le decían Lalo.

Y que había robado un coche, porque era muy pobre.

Era poco.

Hilario sonreía.

¿O era mucho más de lo que él mismo creía?

Un nombre siempre es más que sólo un nombre. Le pertenece a una persona. En este caso el nombre le pertenecía a un muchacho, que estaba buscando su camino, su propio camino.

Burton Mills se dio cuenta de esto y lo anotó, como era su deber, al final de la declaración.

«Este muchacho busca su propio camino», escribió. Y agregó una frase para el futuro, como una advertencia. «Esto no va a salir nada bien».

HABÍAN PASADO CATORCE AÑOS desde el accidente en Hickman, y apenas tres desde que por primera vez la policía de El Paso había capturado e interrogado a Lalo.

La luna estaba encima de unos cerros negros al norte, cuando Rafa y Lalo alcanzaron las primeras casas de El Paso.

Lalo estaba al final de sus fuerzas. Durante la caminata había perdido mucha sangre y Rafa a veces lo tenía que apoyar para que no se desvaneciera.

En realidad no eran casas las que surgían frente a ellos en la noche.

Eran unas chozas construidas con bloques de cemento y con techos de láminas de chapopote, las ventanas estaban cubiertas con telas para protegerse del sol.

Entre los matorrales, por todos lados había automóviles, algunos sólo eran cascarones. En muchos de ellos no era posible distinguir cuáles aún funcionaban y cuáles eran chatarra.

La parte poniente de El Paso, al sur de la autopista y a lo largo de la malla de la frontera, hasta llegar casi a la vieja refinería de cobre de Asarco, era la parte pobre de la ciudad. Allí vivían los más pobres de los pobres, donde niños pequeños se peleaban por las sobras de comida con los perros.

Allí, a menos de un kilómetro de distancia de la frontera, estaba el Norte. La tierra prometida de Superman y Spiderman, de Mickey Mouse y Donald Duck, de *Hamburguers* y *Cheeseburguers*, *Apple Pie* y *Marshmallows*, nalgas amplias y pechos de silicón. El que vivía aquí era americano o cuando menos quería ser americano.

También Rafa y Lalo estaban orgullosos de ser americanos. De pequeño, Lalo siempre quería ser Batman o Spiderman en los juegos. Luego, con unos diez años, soñaba con llegar a ser un Navy Seal, un miembro de la unidad de élite del ejército norteamericano. Durante horas podía jugar con figuritas que representaban soldados, pequeños tanques, submarinos y jeeps militares; los enemigos siempre tenían la piel oscura y se veían como maleantes.

¿Y Rafa? Rafa nunca sabía con certeza lo que iba a ser de él. A lo mejor podía terminar en uno de los *colleges*, en una universidad del este, si tenía suerte.

Mientras tanto, eran las nueve o diez, cuando Rafa se dio cuenta de que unos perros los seguían.

La calle hacia las chozas no estaba asfaltada. Lalo se tropezaba con las piedras que había en el camino o perdía el equilibrio en los baches, pues ya casi no tenía fuerzas para mantenerse en pie.

Entre más se debilitaba Lalo, menos distancia recorrían.

Se detenían a cada rato para tomar aire.

A veces simplemente se sentaban a la orilla de la calle, a pesar de que sabían que en esa región también había tarántulas, víboras y alacranes, animales que salían de noche y cuya mordedura o piquete podía ser mortal.

La jauría había crecido. Cuando menos eran ocho perros los que se acercaban a los dos muchachos, Rafa sólo los podía mantener a raya a pedradas. Posiblemente, los canes salvajes olían la sangre o se imaginaban que podían conseguir algo de comer.

Los perros de los habitantes de las chozas comenzaron a ladrar. Empezaron a aullar y ladrar como locos, por lo que los perros salvajes no se atrevieron a acercarse más a las chozas. Allí adentro, la gente estaba sentada ante sus viejos televisores o frente a sus casas, tomando el aire fresco de la noche y platicando en voz baja acerca de los niños y sobre sus sueños y aquella parte de la vida que ya les había tocado vivir.

Sus perros enloquecían cada vez más y finalmente un hombre, que se llamaba Pedro Mendoza, tomó su rifle y se paró a la sombra de su pequeña casa.

Dos figuras se tambaleaban a la luz del único farol de la calle a unos cincuenta pasos de distancia. Dos figuras que se sostenían mutuamente como borrachos, pero Pedro Mendoza en su vida ya había visto y vivido lo suficiente como para distinguir entre un borracho y un herido.

Llamó a su mujer y su hija, su hijo no estaba; les dijo que llamaran de inmediato a la policía cuando él se los pidiera.

Con desconfianza Pedro Mendoza, su esposa y la hija Latisha observaban a las dos personas, que dando tumbos se acercaban a su casa, y cuyas sombras angostas, que se habían fundido en una, se hacían más largas, entre más se alejaban del farol.

Por fin, Pedro Mendoza salió de la sombra de su casa a la luz del farol y de la luna, sin intentar esconder su rifle. Al contrario, lo mostró ostensiblemente, incluso les gritó que el arma estaba cargada y no dudaría en utilizarla.

—¿Quiénes son ustedes dos? —preguntó, y les indicó que se detuvieran y dijeran sus nombres.

—Yo soy Rafa —dijo uno y se le notaba en la voz que estaba bastante nervioso y que le faltaba aire—. Y éste es mi amigo Lalo.

—¿Qué les pasa a ustedes dos?

—Lalo está herido. Necesitamos ayuda y queremos ir a la ciudad.

—¿Cómo se hirió?, ¿se torció el pie?

—Alguien le disparó.

—Y quién, si se puede preguntar, le disparó.

—No lo sabemos.

—¿Cómo que no lo saben?, ¿apoco cruzaron de ilegales la frontera?, ¿o son sicarios y pertenecen a las bandas de narcos del sur?, ¿sus rivales los querían eliminar?

—No, somos de la Casa Loretta.

—¿De la Casa Loretta en El Paso?

—Sí, somos americanos.

—¿Y qué hacen aquí afuera en este lugar abandonado y a media noche? ¿Qué buscan aquí…?

—Papá, uno de ellos necesita ayuda —interrumpió Latisha a su padre—. No paras de preguntarles cosas… mejor ayudemos.

—Por favor cállate, Latisha. Posiblemente éstos sean más peligrosos que las víboras de cascabel. Lo mejor es que se vayan. Váyanse de nuestra casa y…

—Papá, sin importar quiénes sean, debemos ayudarlos. Y si intentan hacer algo malo, todavía les puedes disparar.

—¡Bueno! De acuerdo. Pueden acercarse, pero no intenten hacer algo que no me guste. En ese caso me los soplo con este fusil, se los juro. Yo sé cómo se hace. Fui soldado…

—Papá, no hables tanto —lo interrumpió su hija y se acercó a Rafa y a Lalo. Tomó el brazo de Lalo, cuando notó la sangre en su camisa y su cara desfigurada—. ¡Mamá! —gritó hacia la casa—, ven y ayúdame. Este muchacho está sangrando.

La madre lo pensó solamente un instante; luego atravesó corriendo el espacio frente a la casa para ayudarle a su hija.

—¡¿Y, por qué vienen precisamente aquí?! —les preguntó—. No queremos más que vivir en paz, y constantemente se oyen tiros, todo por esas drogas.

—No tenemos nada que ver con las drogas, señora —exclamó Lalo—. Nos perdimos allá afuera y nos topamos con unos hombres que nos dispararon.

—Ahórrate las palabras, muchacho. Yo sé que mientes. Hoy hubo una balacera por aquí. La policía y la migra estuvieron por todas partes. Por aquí nadie se pierde por gusto. No en esta zona. Aquí, de este lado del río y del otro, se ocultan de la ley. Unos traen el dinero y otros la droga. Se contrabandea gente y armas. A diario hay asesinatos.

—Nosotros no tenemos nada que ver con eso —afirmó débilmente Lalo.

—Eso no te lo creo. ¿Por Dios, cómo te ves, muchacho? Estás lleno de sangre. Tienes que ir con un doctor, pero no sé si llegue hasta aquí un médico de emergencia. Pedro, por favor llama al 911.

—¡No! —gruñó Lalo—. ¡No, no lo quiero!

—¿Entonces, qué quieres?, ¿morirte aquí con nosotros?, ¡eso no se va a poder, jovencito! En esta casa yo dispongo quién se muere. Pedro, ¡llama al 911! ¡Este muchacho necesita ir urgentemente al hospital!

—Yo tengo amigos que…

—¿Entre tus amigos hay un doctor que sepa manejar el bisturí y pueda sacarte una bala del cuerpo, jovencito?

—No, pero sólo es un rozón…

—¡Entonces, estate quieto! Santa María, Madre de Dios, si tu madre te viera así, creo que se le partiría el corazón. ¿Qué edad tienes, muchacho?

—Quince.

—¿Quince? Santa María, Madre de Dios, este mundo cada vez está peor.

—Él no tiene una madre —explicó Rafa, mientras les ayudaba a las dos mujeres a arrastrar a Lalo hacia la casa—. También mis padres están muertos. Murieron durante un accidente de coche. Por eso vivimos en un orfanato.

—Todo eso se lo pueden contar a la policía. Es una vergüenza que...

—Mamá, necesitan ayuda, no consejos —interrumpió Latisha a su madre—. A la mejor es suficiente si llamamos al orfanato. Allí alguien va a decidir qué es lo que se debe hacer.

Parecía que su madre sí aceptaba eso. Cuando llegó al porche de la casa le pidió a su marido que por fin guardara el fusil y sacara de la bodega una silla y una cobija vieja.

El hombre se fue gruñendo a la bodega. Cuando salió, traía en los brazos una silla, una cobija y aún el arma. La cobija apestaba a excremento de gallina y la silla casi se deshizo cuando Lalo se sentó en ella.

Lalo tenía muchísimo frío, y estaba tan débil que Rafa y Latisha lo tenían que sostener para que no se cayera de la silla.

—Dale mi celular —dijo de repente Lalo—. Que le hable a Loretta.

—Tu celular todavía no funciona, Lalo.

—¿Quién es Loretta? —quiso saber la mujer. Desconfiaba. Ella hubiera querido llamar de inmediato al número de emergencia. Así, pronto hubiera llegado el *sheriff* y unos policías auxiliares, y los bomberos por lo menos con tres automóviles y probablemente también con la migra. Y al último hubiera llegado la ambulancia y se hubiera llevado al muchacho al hospital y al otro probablemente lo hubieran llevado a la policía para hacerle algunas preguntas.

—¿Quién es Loretta? —repitió la mujer, al no recibir respuesta la primera vez.

—La supervisora en el orfanato —le explicó Rafa—. Loretta Aguirre. Para nosotros es como una madre. ¿Verdad, Lalo, que para nosotros es como una madre?

—Es cierto —resopló Lalo—. Ella nunca nos ha abandonado.

—¡Nunca! —confirmó Rafa. Miró a la mujer—. ¿Pudiera por favor llamar desde su teléfono, señora?

La hija corrió dentro de la casa y regresó con el celular.

—Dime el número —le solicitó a Rafa. Rafa se lo dijo y unos segundos más tarde Lathisa se comunicaba con la señora Loretta Aguirre. Sin embargo, la comunicación era tan mala que, durante la conversación, algunas palabras no se entendían, incluso partes de la oración.

—Hola, señora, soy Latisha Mendoza y vivo con mi familia en el lado oeste de la ciudad, casi afuera, donde está la refinería de ASARCO. Aquí llegaron dos muchachos, uno de ellos está herido y sangra bastante. No sé...

—¿Disculpe, pero los dos dieron sus nombres? —interrumpió Loretta a la muchacha—. Digo, ¿los dos son Rafa y Lalo?

—Sí, son ellos. Mi mamá quiso llamar al 911, pero...

—Discúlpeme, Latisha, pero eso sólo hubiera sido necesario si uno de ellos estuviera en peligro de muerte.

—Bien. Eso no lo sé. Posiblemente sólo se trata de un rozón.

—¿Está consciente?

—Sí, creo que en verdad no es demasiado grave. Y no quiere ir al hospital. Quiere ir con usted.

—¿Lalo?

—Sí, ése es su nombre. El otro, el que no está herido, ese es Rafa.

—Entonces páseme a Rafa.

Latisha le dio el celular a Rafa.

—¿Rafa?

—Sí.

—Rafa, por Dios, ¿qué pasó?

—Yo mismo no lo sé. Estábamos en Lombard Street cuando pasó. En la tarde. Queríamos ir al cine. De pronto aparecieron unos hombres en una *pick up* que pasaron de largo y empezaron a dispararnos.

—En la Lombard Street.

—Sí.

—¿Y dónde hay allí un cine?

—Queríamos ir al Cinemax.

—Pero ese queda en otro lugar muy distinto, Rafa.

—Lo sé, pero...

—Bien, eso ahora no es lo importante. Lo importante es que Lalo salga adelante. ¿Sabes si acaso ha inhalado esa cosa endiablada? *Crystal Meth.*

—No.

—¿*Crack*?

—No, probablemente no. No lo sé. Sus ojos están limpios. Pero tiene dolores terribles.

—Ay Dios. Ojalá no te haya metido en uno de sus líos. Déjame hablar con la señorita. Que me dé la dirección y paso por ustedes.

—Loretta, por favor disculpa que nosotros...

—Rafa, platicamos cuando estén aquí —lo interrumpió Loretta, algo más cortante de lo que hubiera querido—. Pásame ahora a la señorita, por favor.

Rafa le entregó el teléfono a Latisha y ésta le dio la dirección a Loretta. Luego, le regresó el teléfono a Rafa.

Rafa se lo puso al oído pero la comunicación se había interrumpido.

Lalo levantó la vista hacia él. A pesar de que la herida no era mortal, ahora su cara estaba de un amarillo pálido.

—¿Vendrá?

—Sí, viene por nosotros.

—Va a tardar una hora —dijo la mujer—. Les voy a traer una limonada.

Desapareció en la casa. La mirada de Rafa se cruzó con la de la muchacha.

—Disculpa —dijo quedo.

Latisha meneó la cabeza.

—No tienes que disculparte, Rafa.

—Lo sé, pero todo esto me es muy desagradable.

Ella solamente lo miró. No le dio contestación. No sabía qué podría haberle dicho, pues presentía que las palabras no hubieran cambiado nada la situación.

—Lalo y yo crecimos juntos en el orfanato.

—¿Por qué le dices eso? —lo increpó Lalo con enojo—. A nadie le interesa quiénes somos.

—A lo mejor te equivocas, Lalo —dijo Latisha en voz baja.

Lalo apretó con fuerza los labios.

La mujer salió de la casa con una jarra de vidrio llena de limonada y dos vasos de plástico.

—Tomen, esto les va a caer bien. Agua de limón, recién exprimida y muy fría.

Rafa tomó uno de los vasos y dejó que la señora sirviera, luego esperó pacientemente a que Lalo se incorporara un poco más.

—Aquí, Lalo, toma.

Lalo tomó el vaso con manos temblorosas y sorbió la limonada fría con tanto cuidado, como si tuviera miedo de que se le atorara en la garganta.

Pedro Mendoza todavía tenía el fusil en la mano. En algún lugar a lo lejos, se escucharon las sirenas de la policía. La luz de las torretas parpadeó a través de los matorrales, luego sonaron disparos.

—Nunca para —dijo el hombre—. Esta condenada guerra ya ha costado miles de vidas humanas, pero nunca termina, mientras logren proporcionarles pistolas a niños como ustedes.

—Yo no tengo pistola —dijo Rafa.

—Tú no, pero él —tronó el hombre y con el cañón del rifle señaló hacia la cadera izquierda de Lalo. Debajo de la camisa que colgaba sobre el pantalón, en la cintura, estaba la pistola, invisible para un ojo no entrenado.

Lalo dejó de beber. Los dolores habían disminuido un poco pero tuvo que vomitar. Inclinó el tórax, Rafa y la muchacha lo tuvieron que sostener para que no se cayera de frente. Lalo estuvo vomitando casi durante un minuto. Quedó todo bañado en sudor. Tenía la camisa pegada al cuerpo como si alguien le hubiera vaciado una cubeta de agua encima.

—Debería tomar agua —dijo el hombre—. Es mejor que limonada.

La mujer entró rápidamente en la casa y regresó con un vaso lleno de agua que Lalo bebió hasta la última gota.

El hombre le hizo una seña a Rafa.

—Tengo que decirte algo —le musitó.

Lalo no se dio cuenta.

Pedro Mendoza y Rafa se alejaron unos pasos.

A lo lejos cada vez se oían más sirenas de la policía. Un perro del vecino, encadenado, empezó a aullar. Desde otra casa se escuchaban sonidos de guitarra. Un hombre blasfemaba a gritos en español.

—Escucha, yo sé que Lalo es tu amigo, pero te digo algo: ten muchísimo cuidado. A su lado nunca estarás seguro de tu vida.

—No sé a qué se refiere —mintió Rafa.

—No te creo. Tú sabes que es malo, malo hasta el tuétano.

—Lalo no ha hecho nada para que usted diga esas cosas de él. Además, usted lo conoce tan poco como a mí.

—Eso es cierto, pero lo he mirado a los ojos. Eso me basta. Un día matará, si no es que ya lo ha hecho.

—Eso lo dudo mucho. Lo conozco desde hace muchos años. Él es distinto a mí, estoy de acuerdo, pero eso no quiere decir que sea malo.

—Él tiene sangre mala, Rafa —insistió el hombre, y de inmediato continuó persuasivo. Además, es un adicto. No tengo idea de lo que esté tomando, pero sea lo que sea, lo ha destrozado. Aquí adentro —y el hombre señaló su sien—. Y aquí adentro también —y el hombre colocó la mano sobre su pecho—. Va a tirarse a la desgracia, a sí mismo y a ti, si no te separas de él.

—Eso seguro que no lo haré jamás —le contestó Rafa con voz firme—. Estamos unidos como hermanos.

—¿Cómo Caín y Abel? —Mendoza volteó hacia su hija, que se inclinaba sobre Lalo—. Latisha es nuestra única hija, Rafa. También alguna vez tuvimos dos hijos. Siempre supe que ella y su hermano Paolo tomarían un buen camino. Pero con mi hijo José temí lo peor.

—¿Y?, ¿sucedió?

El hombre asintió.

—Le rompió el corazón a su madre, Rafa, cuando se fue a México. Las drogas lo acabaron. Primero no lo notamos. Allí, en la bodega, lo pesqué una vez con una pipa de vidrio. Estaba completamente ido. Cuando le reclamé, tomó el hacha y se arrojó sobre mí. Imagínate eso, mi niño se lanzó contra su papá. Quería matarme. Mi esposa no lo puede creer hasta el día de hoy. Pero yo sé que me hubiera matado. Lo golpee con una cubeta llena de alimento para pollos. Ahí estaba en el suelo, y cuando le quise ayudar a ponerse de pie golpeó mi mano hacia un lado. Eso dolió, te lo digo, muchacho, eso es lo que más me ha dolido en la vida.

—Me lo puedo imaginar.

—No puedes. Tú no tienes un hijo. Tú no sabes cómo es eso, cuando estás tan desamparado, que únicamente podrías llorar. Día y noche. Hasta que estás seco de llanto. Hasta que en ti ya no hay ninguna lágrima. Sólo dolor, muchacho. Y ése, jamás se va.

El hombre se frotó la arrugada frente.

—Después, ya nada fue como antes. Era como si alguien le hubiera cambiado el interruptor en su cabeza. Para él, yo ya no existía. Su madre tampoco. Ni siquiera su hermana, a la que había amado. Se fue. A veces regresaba a casa hecho una mierda, ¿entiendes? Algunas veces la policía lo traía a casa. Luego, le prendió fuego a una casa en la que se había metido a robar. Para eliminar huellas. Le dieron cinco años por eso, en la correccional juvenil. Cuando salió, tenía tatuados dos ojos en sus párpados. Ojos azules. Yo nunca había visto algo tan terrible. Él tenía ojos oscuros como su hermana y su madre. Cuando cerraba los ojos, te miraba con sus nuevos ojos azules. Después de que lo soltaron, vino a casa sólo una vez. Sacó sus cosas y desapareció. Luego nos enteramos que trabajó de sicario para un cártel de drogas, todo por el dinero para poder comprarse droga. Y por la reputación. Hace un año, lo agarraron con sangre en las manos y lo metieron a la cárcel, en donde estaban encerrados los de otro cártel. Lo mataron a golpes una noche después de su ingreso.

El hombre cerró los ojos por un momento. Siguió en sus pensamientos.

Atrás, en la casa, se quejó Lalo. Estaba colgado del brazo de la joven. La mujer le limpiaba el sudor y el vómito de la cara.

—Nuestro hijo tenía dieciocho años cuando tuvo una muerte miserable, en un agujero con barrotes allá abajo en México. Eso le rompió el corazón a su madre, a su hermana y a su hermano menor también, aunque siempre temíamos que así sucedería.

Rafa miró al suelo. Luego a los ojos del hombre.

—Lo siento. Pero su hijo es su hijo y Lalo es Lalo.

—Tú lo proteges porque lo quieres, Rafa. Eso lo veo. Pero cuídate de él. Él es alguien que no sabe lo que significa aprecio o amor. No le tiene respeto a nada. Creo que ni siquiera puede comprender el valor de una vida humana. ¡Cuídate de él, aunque creas que es tu amigo y hermano!

—Usted no lo conoce, señor —Rafa intentó intervenir protegiendo a su amigo, pero el hombre con un movimiento de mano eliminó sus palabras como si fueran molestos insectos.

—No te puedo decir más, muchacho. Algún día te acordarás de mis palabras, sólo que entonces va a ser demasiado tarde. La mafia no suelta a ninguno que haya tenido entre sus garras.

Sin preocuparse más por Rafa, Pedro Mendoza se dio la vuelta y regresó a la casa.

Transcurrió casi una hora, hasta que por fin los faros de un automóvil alumbraron los profundos surcos y hoyos de la calle. Pocos minutos después, una Chrysler Minivan se detuvo debajo del farol de la calle.

Loretta se bajó y se acercó de prisa. Lanzó una breve mirada a Rafa, luego se arrodilló junto a la silla en la que estaba sentado Lalo, y tomó con las manos su cabeza.

—Por Dios, Lalo —musitó—. ¿Qué has hecho?

—Nada —gruñó Lalo—. Por favor, llévame a casa.

Loretta miró a la señora Mendoza, que se había retirado unos pasos.

—¿Usted sabe lo que sucedió?

—Alguien le disparó —dijo la mujer—. No sabemos más.

Loretta aspiró y exhaló profundo. Por un instante buscó las palabras adecuadas pero no las encontró.

—Gracias por haberle ayudado, señora —dijo por fin, sumisa—. Quizá hasta le salvó la vida.

—Quién sabe, si eso fue bueno —intervino el hombre—. Posiblemente sí debimos haber llamado una ambulancia y a la policía.

—No, yo me encargaré de eso. Primero va a tener que decirnos lo que sucedió.

—¿Lo hará? —replicó con suavidad la madre de Latisha—. ¿En verdad, lo hará?

Loretta miró hacia Rafa. No pudo ocultarle su miedo y desesperación por Lalo.

—Rafa, ayúdame.

Rafa no dudó un instante. Junto con Loretta llevaron a Lalo a la Minivan y lo colocaron en la banca trasera. Rafa se sentó junto a él y lo sostuvo.

La joven regresó con una botella de plástico para leche. Estaba llena de agua. La metió por la ventana. Rafa le tomó la botella de las manos. Y la miró a los ojos.

Loretta arrancó el motor de la Minivan. Y echó una mirada hacia atrás por encima del respaldo.

—¿Todo *okay*?

Rafa asintió con la cabeza. Ella metió reversa.

—¿Nos volveremos a ver? —Latisha preguntó en voz baja y se detuvo en el marco de la ventana, como deseando que el vehículo no caminara.

Rafa alzó los hombros.

—A la mejor.

—¿No quieres?

—No, no, pero…

—¿Tienes un celular?

—Sí.

—¿Me quieres dar el número?

—Sí, claro…

Rafa no siguió hablando, pues Loretta movió la Minivan en reversa. Las llantas patinaron, surgió una nube de polvo cuando la Minivan medio giró sobre su eje y dobló en la calle hacia El Paso.

Rafa ya no pudo decirle a Latisha su número de celular o que ella fuera al orfanato. Tampoco alcanzó a decirle que le parecía muy hermosa, pero a lo mejor fue mejor así.

Rafa se reclinó y dejó que la cabeza de Lalo cayera sobre su hombro. En el trayecto a la ciudad no pudo dejar de pensar en la joven.

Pero también pensó en las palabras del padre de ella.

Había colocado un brazo alrededor de Lalo. Con la otra mano le acariciaba suavemente el cabello. Mientras, Loretta atravesaba la ciudad por calles secundarias para evitar un encuentro con la policía o una patrulla de la migra.

Mientras manejaba, repetidas veces miraba al espejo retrovisor, que había ajustado para poder ver las cabezas de Lalo y Rafa. Y a cada rato le preguntaba a Rafa si Lalo todavía respiraba.

Una vez Lalo levantó la cabeza.

—Disculpa, Loretta —dijo tan fuerte, para que ella lo escuchara.

Ella volteó la cabeza y miró hacia atrás.

—Así dices siempre, Lalo. Siempre dices eso. Pero llegará el día en que no esté cuando lo digas.

—El día en que me muera —le contestó Lalo, y a pesar de los dolores y su debilidad, pudo reírse casi con alegría.

El orfanato Casa Loretta está en la calle Cebada en El Paso. Es una casa grande, construida con ladrillos de color rojo oscuro, bastante intrincada, con techos planos en los anexos y un techo de dos aguas sobre el edificio principal, el cual tiene una terraza cubierta al frente.

La casa está aislada de la calle por un muro de piedra y una cerca tupida. Además, todo el terreno está circundado con malla de alambre.

En el jardín están unas moreras viejas. De las ramas más gruesas penden columpios. Un pino le da sombra a una resbaladilla y a unos tubos de cemento colocados en hilera, pintados por los niños como una piel de serpiente, con tiras en *zigzag* y puntos. El tubo al frente tiene ojos amarillos y unas fauces abiertas con afilados colmillos curvos y venenosos.

Hay un pequeño espacio para deportes, con cancha para voleibol y básquetbol, y una jaula de malla de alambre, en donde se le puede tirar a unas pelotas de baseball con bat de aluminio, sin correr el peligro de golpear a alguien o darle al vidrio de una ventana.

Sin embargo, lo que los niños en la Casa Loretta desean: es una alberca. Un *pool*, azul turquesa, con la orilla blanca y un trampolín, desde donde puedan dar saltos al agua.

—Si alguna vez llego a ser rico, voy a mandar a hacer una alberca allá, en donde está la cabaña de madera, por lo menos de veinte metros de largo y diez de ancho.

Y cada vez que Lalo decía eso, Rafa miraba hacia ese lugar, en donde había matorrales espinosos y estaba la vieja bodega, en la que se guardaban todas las herramientas necesarias para el trabajo en el jardín o para levantar un muro.

Rafa veía la alberca azul turquesa, enmarcada por una cubierta blanca, el agua brillante como un espejo; a veces, la superficie brillaba y había que entrecerrar los ojos para evitar que te deslumbrara.

Allí, en donde en algún momento llegaría a estar la alberca, ahora estaba una palmera de abanico, con sus raíces en la tierra de barro seco.

—Podríamos hacer competencias de natación —decía Lalo frecuentemente, riéndose—, podríamos aventarnos a una señal y nadar rápidamente hacia la otra orilla. ¿Crees que podrías nadar veinticinco metros debajo del agua sin volver a tomar aire, Rafa? Toda la longitud de la alberca.

—Claro que podría. Y tú también, Lalo. Podríamos nadar juntos y tocar al mismo tiempo cuando lleguemos al otro extremo.

Los dos soñaban hasta que Lalo le clavaba con fuerza el codo a Rafa en las costillas para que volviera a la realidad.

—Sabes, Rafa, alguna vez voy a ganar tanto dinero que le podré dar una buena parte a Loretta, porque nunca necesitaré tanto como voy a ganar.

Desde el principio, Rafa notó que Lalo no sabía cómo ganarse la amistad de otros. Él se daba cuenta de que lo trataban con desconfianza, a veces incluso con rechazo, porque él quería manipularlos. Sus sentimientos de aprecio quizá eran verdaderos sólo con Rafa, y eso hasta cierto punto. Con los otros, hacía como si les hubiera hecho un favor enorme, pero a la hora de la hora, casi siempre los dejaba colgados. Con frecuencia, cuando estaban acostados y conversaban antes de dormir, él se perdía en fantasías: al viejo de Francisco, que soñaba con un barco en el océano, le iba a regalar uno; o quería ser médico para poder curarle los dolores de espalda a Loretta; o construirle una alberca a los niños de Casa Loretta.

—¿Y, cómo le quieres hacer, Lalo? Digo, para ganar tanto dinero.

—Todavía no sé cómo, pero sé que lo voy a lograr. O, a la mejor, simplemente voy a morir por ti.

—¿Morir por mí? Eso seguro que no lo vas a tener que hacer.

—¿Me crees que lo haría?

—Sí, pero, ¿para qué lo harías?

—Para que veas que soy tu mejor amigo y el único hombre para el cual lo haría.

Rafa callaba. Su mayor deseo era ganar algún día tanto dinero que no tuviera que viajar por el país como trabajador eventual como lo habían hecho su padre o su madre.

—¿Y sabes, lo que también sé? Que siempre vamos a seguir juntos, da lo mismo si arriba o debajo del agua. ¿Verdad, Rafa?, ¿verdad?

—Seguro —contestaba Rafa—. Siempre estaremos juntos, arriba o debajo del agua.

—¿Y si Nina te pide que te cases con ella?

—Eso no lo hacen las muchachas, Lalo. Tú lo sabes. Ellas esperan a que tú se los pidas.

—¿Y si lo hiciera? Entonces qué, Rafa, si lo hace así de repente, digo, porque está embarazada, ¿o algo así?

—No lo está.

—Digo, si lo estuviera.

Rafa dio un brinco.

—Ven, Lalo, vamos a sacar las palas de la bodega y a quitar los matorrales de hierba.

—Ya está oscuro, Rafa.

—Qué importa. Mañana, cuando salga el sol, simplemente pensaremos que durante la noche alguien empezó a construir la alberca.

Así lo hacían cada vez que disponían de tiempo y, a veces, Loretta los observaba desde la ventana de la oficina, sin que ellos lo notaran. Algunas veces, cuando hacían unos trabajos, pintaban la cerca o las tablas de la pared de la bodega, ella salía y les llevaba té helado o una rebanada de melón.

Loretta no tenía hijos, pero encima de la puerta de su pequeño departamento colgaba un letrero que decía: TODOS USTEDES SON MIS NIÑOS—ENTREN.

Rafa y Lalo eran los mayores. Ella sabía que los dos no se iban a quedar mucho tiempo en la Casa Loretta. Rafa tenía buenas posibilidades de empezar sus estudios cuando cumpliera diecisiete, y Lalo seguiría su propio camino, como se había escrito en el reporte del detective Burton Mills.

En todo caso, Loretta estaba allí para cada uno y para siempre, no importaba a qué hora del día o de la noche.

También en esta noche en que Lalo y Rafa estaban en aprietos.

Loretta regresó con los dos y empezó de inmediato a curar la herida de Lalo, la cual era de un dedo de profundidad.

—Unos centímetros más a la izquierda, y la bala probablemente hubiera penetrado en tu pecho, Lalo —dijo, mientras quitaba la mugre y restos de tela de su camisa, para luego limpiar con una solución antiséptica.

Le mostró la herida en un espejo.

—Tal vez te la podría coser un especialista, pero creo que no te importará si queda una cicatriz grande.

Durante todo el procedimiento ella no le hizo ninguna pregunta, y esto a Lalo y a Rafa les preocupó más que si hubiera indagado haciendo preguntas para luego bombardearlos con recriminaciones.

Esa noche no pudieron dormir, Lalo por los dolores y Rafa por los pensamientos que revoloteaban en su cabeza.

Rafa recordó todo lo que había sucedido ese día. En una secuencia veloz se mezclaban imágenes de pequeños detalles con cuadros de su pasado que ya casi ni podía recordar. Imágenes del accidente. Cuadros de la persecución. Gato, abatido en el asiento del copiloto. Kaká. Lo ojos tristes de Pedro Mendoza cuando le contó que a su hijo lo habían matado a golpes en la cárcel. Latisha, cuando la habían dejado esa noche. La sonrisa de Lalo en el desayuno durante la oración. Y cuando Lalo, en vez de ir a la escuela, cruzó la calle. Todo lo que sucedió después. Desde el instante en que siguió a Lalo cuando pensó que sino lo perdería para siempre. El miedo en los ojos de Lalo antes de entrar a la casa. El niño con el perrito en los brazos. La advertencia del chofer del taxi.

Durante toda la noche, las imágenes le estuvieron dando vuelta en la cabeza.

El único cuadro que quisiera haber guardado, para volver a verlo, era el de Latisha.

Quería borrar rápidamente de su memoria todos los demás. De ser posible, con un *click*.

Sin embargo, cuando clareó el nuevo día, él seguía despierto.

En la mañana del día que Lalo fue baleado, quiso convencer a Rafa de acompañarlo, para cubrirle la espalda en caso de que fuera necesario.

Los dos despertaron temprano. En la penumbra, Lalo fue hacia la ventana, se fumó un porro y tomó un vaso grande de agua.

Hacía fresco afuera.

Rafa se sentó en la cama.

—¿Cubrirte la espalda?, ¿qué quieres decir con eso, Lalo? Dime lo que pretendes. Tú sabes que no haré nada que Loretta no apruebe.

—Me voy a encontrar en Juárez con unos hombres, pero sólo conozco a uno.

—¿Qué tipo de hombres son?

—Hombres para los que voy a hacer un trabajo por el que me van a pagar.

—¿Qué tipo de trabajo? ¿Irás al campo a cosechar melones? Para eso seguro que no necesitas que te cubra la espalda.

Lalo rio.

—Nadie gana suficiente para construir una alberca cortando melones, Rafa.

—¿Entonces qué? ¿Qué tienes que hacer para esos hombres?

—Yo mismo todavía no lo sé.

—¿Quiénes son esos hombres?

—No lo sé. Confía en mi, Rafa. Le dije a uno de ellos, al que conozco, que voy a traer a alguien. Dijo que estaba bien. Completamente bien.

—¿De qué tienes miedo?

—Yo no tengo miedo, ya sabes.

—Si no tuvieras miedo no me llevarías para cubrirte la espalda, Lalo.

—Está bien. Entonces quédate aquí. Ayúdale a Francisco afuera en el jardín —Lalo jaló las comisuras de la boca hacia abajo en forma de desprecio—. Ni sé por qué te pregunté. Lo siento. No necesito tu ayuda.

—Hoy es día de escuela. Tenemos que ir.

—Entonces ve a la escuela, hombre. Olvida lo que te dije. Yo voy solo.

—¿A dónde? ¿Por qué no me dices?

—Ya te lo dije. Cruzar la frontera a Juárez. Pero tu mejor quédate aquí, Rafa.

Lalo había fumado el churro casi por completo, salvo un pequeño resto. Lo masticó y se lo tragó, fue al escusado, meó y se metió al cuarto de baño contiguo. Se paró debajo de la regadera y se duchó durante diez minutos, se enjabonó y dejó escurrir el agua caliente por su cuerpo delgado hasta que la piel enrojeció.

Cuando salió del baño, su pelo estaba recién alisado y peinado hacia atrás. Sacó una playera limpia del armario.

Rafa estaba sentado sobre la cama, los codos apoyados en sus rodillas y el mentón en los puños.

Observaba a Lalo, quien le daba la espalda. La piel de Lalo era clara. Mucho más clara que la suya. El tatuaje oscuro sobre su omóplato izquierdo resaltaba contra la piel clara. Representaba un arbusto ardiendo en el cual se quemaba un corazón sangrando. El corazón era rojo oscuro, las llamas de alrededor eran azules y verdes, como si fueran hielo congelado.

Sus ojos azules sobre los párpados.

Todavía no le preocupaba lo que le había contado el hombre.

En esa mañana no intercambiaron más palabras.

Durante la oración mañanera Rafa notó que Lalo lo examinaba con una sonrisa. Pero cuando Rafa le devolvió la sonrisa, ésta desapareció de la cara de Lalo y sus ojos parecían velarse.

Rafa se cansó del silencio hasta que ambos iban camino a la escuela y Lalo se quedó parado para cruzar la calle.

—Lalo, ¿qué quieres que diga en la escuela cuando me pregunten en dónde estás?

—Lo que sea. Diles cualquier cosa. Ya se te ocurrirá algo.

Lalo cruzó la calle.

Del otro lado se encontraba la pequeña iglesia de San Marcial. Enfrente estaba parada una vieja *pick up* destartalada con un remolque sobre el cual alguien había escrito con color rojo sangre: "El burrito del gran trasero de Rosie".

Rafa quería seguir caminando. La escuela estaba como a medio kilómetro de distancia. Ya se le ocurriría una excusa para la ausencia de Lalo, pero después de unos pasos se quedó parado. La idea de dejar solo a Lalo lo llenaba de sentimientos de culpa. ¿Qué pasaría si a donde iba le sucedía algo, sólo porque él lo había abandonado? ¿Qué ocurriría si Lalo no regresaba nunca, porque estaba harto de la vida en el orfanato y de la escuela?

Rafa volteó a ver a Lalo en el instante en que éste llegó al otro lado de la calle, cuando detuvo su paso y miró por encima del hombro.

La mirada de su amigo le provocó una punzada en el corazón.

—¡Lalo, espera!

Rafa corrió, atravesó la calle y cuando llegó con Lalo, éste sólo meneó la cabeza y se rio.

—¿Por qué te ríes?

—Porque sabía que me seguirías.

—Sólo esta vez. ¡Solamente esta vez, carajo!

Lalo señaló hacia la iglesia.

—Estamos frente a la Casa de Dios.

—Como si a ti te importara. Te estuve observando esta mañana durante la oración. Ya no lo tomas en serio.

Lalo se rascó la cabeza. Se quedo pensando por un momento, luego asintió.

—Rafa, yo creo que a partir de hoy termina mi vida de niño.

—¿Qué quieres decir con eso?

—Que ya no somos niños y que por eso ahora empieza otra vida.

—Tenemos quince años, Lalo. De ningún modo somos adultos.

—Pero tampoco somos niños, Rafa —Lalo tomó la mano de Rafa como siempre lo había hecho cuando eran pequeños—. Ahora ven. A las diez tengo que estar allí para encontrarme con el Cowboy.

—¿Quién es ése?

—Un amigo. Él me enseñó cómo manejar una AK-47 y una FN FIVE SEVEN —Lalo sonrió—. Él es un tirador de primera, Rafa. Creo que podría trabajar en un circo.

—Sólo que a lo mejor no existe ese circo —contestó Rafa.

—Su circo es Ciudad Juárez. Creo que ha matado a más de dos docenas de hombres.

—Pues entonces tuviste a un maestro grandioso.

—Uno de los mejores. Dicen que hay otro al que le dicen Pistolero. Creo que hoy lo voy a conocer.

Bajaron por la calle a la Douglas Street, allí tomaron un autobús que atravesó la ciudad hacia uno de los cinco cruces de la frontera.

Entrar a México no representaba ningún problema para ellos. Todo estaba arreglado para la cita de Lalo, en el cruce de la avenida Santa Fe lo esperaría un taxi y a determinada hora el taxi cruzaría el puente sobre Río Grande. Los empleados que trabajaban allí estaban al tanto, el cártel los había sobornado. Ni siquiera preguntarían por las identificaciones.

El chofer del taxi los llevaría de regreso por el mismo cruce de la frontera.

Lalo conocía la casa en Ciudad Juárez, donde se encontraría con sus clientes, a los que él llamaba amigos. Esa casa estaba en el centro de la ciudad fronteriza, era color rosa con los marcos de las ventanas pintados de azul oscuro. En la planta baja estaba la cochera para tres automóviles, con un acceso por la parte de atrás.

Encima de la cochera había una pequeña vivienda particular. A la vivienda en el segundo piso se llegaba por una escalera desde un patio interior. Los escalones con mosaicos conducían hacia un balcón y desde allí había un corredor angosto hasta la puerta de la vivienda.

El chofer del taxi, que durante todo el trayecto no había cruzado palabra con ellos, los dejó en un cruce cerca de la pequeña iglesia de San Ignacio.

De allí continuaron a pie, siguiendo la bulliciosa calle principal hacia el centro.

—Allí está la casa —Lalo se la mostró a su amigo desde una distancia de unos doscientos metros—. No me voy a entretener mucho tiempo, Rafa. Unos veinte minutos, si todo sale bien.

—¿Y si no regresas después de veinte minutos? —Rafa se dio cuenta de lo exaltado que estaba.

—Entonces, quién sabe lo que habrá pasado —rio Lalo—. De cualquier modo tú te quedas aquí en la calle. Traigo mi celular y tú el tuyo. Si notas algo sospechoso me llamas cuando salga.

—¿Qué podría ser sospechoso?, ¿por ejemplo?

—Cualquier cosa. Yo tampoco te lo puedo decir. Sólo es una sensación en la panza de que algo podría estar mal.

—Entonces, mejor deberíamos regresar y...

—Eso ya no es posible, Rafa.

—¿Por qué? Podemos regresar y cruzar la frontera sin el taxi.

—A eso no le apostaría ni un dólar. No, eso ya no se puede.

—¿Con eso quieres decir que estás demasiado metido en este asunto, verdad?

—No sé qué tan adentro. Sólo sé que en aquella casa hay gente esperándome. Rafa, no te quiero meter en este asunto, pero me da gusto que estés aquí. Sólo fíjate, eso es todo. Cuando salga de la casa me llamas, ¿okey? Pero sólo si piensas que algo anda mal.

—Entonces, cuando menos dame una indicación para saber en qué tengo que fijarme.

—Mira a tu alrededor. Por lo pronto, aquí todo está *okey*. La gente en la calle está *okey*. Los autos son *okey*. Todo está *okey*. Ya notarás, si algo ya no está bien. Eso se siente. El peligro se siente.

—No sé —declaró Rafa dudando—. Cuando lo sientes a lo mejor ya es demasiado tarde.

—Sólo fíjate. Ya saldrá —Lalo echó una mirada a la casa color rosa, que en una parte estaba cubierta por un tablero con el anuncio de una película—. Ya tengo que ir. No les gusta que uno de ellos no sea confiable.

—Uno de ellos. ¿Lo eres, Lalo?, ¿uno de ellos?

—Todavía no del todo. Primero debo pasar una prueba. Pero cuando salga de la casa, tal vez sea uno de ellos.

—¿Crees que cuando salgas vas a tener sangre en las manos?

—No sé lo que tenga que hacer. El Cowboy no me dijo nada, sólo que va a ser mi prueba final.

—Entonces es muy posible que tengas que matar a alguien.

Lalo sonrió.

—Puede ser. Sólo sé que si paso la prueba seré uno de ellos.

Sin decir otra palabra, Lalo dio un giro y salió caminando.

En el cruce atravesó la calle y pensó en voltear para mirar atrás, pero no lo hizo. El semáforo ya había cambiado de nuevo a rojo cuando llegó al otro lado de la calle y se dirigió hacia el portón.

La gente que pasaba frente a él no le interesaba. Sólo cuando llegó a la puerta volteó hacia todos lados, por seguridad.

No le pareció sospechosa una *pick up* Nissan color gris, que estaba estacionada del otro lado de la calle. La *pick up* estaba cargada con muebles: un ropero pintado, algunas sillas y una mesa. Dos hombres soltaban las cuerdas con las que estaban amarrados los muebles. Un tercer hombre platicaba con el dueño de la mueblería.

También Rafa echó sólo un rápido vistazo a la *pick up*. Sus ojos siguieron a Lalo, que atravesaba la calle hacia la casa de color rosa. Después, notó a un hombre recargado en un automóvil, tenía las piernas cruzadas y estaba hojeando una revista. Lo observó durante varios minutos, primero le pareció sospechoso, pero luego salió de una zapatería una mujer joven y hermosa, el hombre cerró su revista y le abrió la puerta a la mujer.

La mirada de Rafa iba de un lado a otro. Brevemente se detuvo en Lalo, quien estaba parado frente a la puerta de la casa rosada.

En ese momento, Lalo lanzó una rápida mirada sobre el hombro.

Rafa le mostró el pulgar levantado a su amigo, a pesar de que en realidad no sabía si todo estaba en orden.

Lalo oprimió el botón superior de un interfon. Debajo de la bocina había un espacio para poner el nombre. No tenía nombre.

Sólo unos segundos después alguien contestó.

—¿Qué hay?, preguntó una voz femenina.

—Tengo una cita con Tex —dijo Lalo.

Ella lo examinó.

—El Cowboy —precisó él.

—Está bien. Entra. Tú sabes en dónde nos encuentras.

—Sí.

El portón sonó.

Lalo giró la perilla y abrió la mitad del portón.

Detrás se encontraba un pasillo con una bóveda que llevaba a un patio interior. Lalo subió la escalera al segundo piso y su corazón empezó a latir fuerte mientras subía escalón por escalón. Una mujer bastante esbelta, vestida de oscuro, le abrió la puerta de la vivienda. Tenía los labios pintados de rojo oscuro y el pelo negro alisado hacia atrás.

—Hola, Lalo —dijo ella y lo dejó entrar.

Ella no le dio su nombre y lo condujo a un cuarto que salvo por algunos muebles estaba vacío.

—Por favor espera aquí —dijo, más como una orden que como una petición.

Lalo se quedó parado al centro de la habitación, mientras ella abría una puerta y desaparecía en otro cuarto. En algún lado de la vivienda se escuchaba música a un volumen bajo.

Lalo estuvo tentado en ir a la ventana y asomarse a la calle, pero no se movió del lugar.

La espera lo puso nervioso. Se limpió las manos en el pantalón. De repente, su boca estaba seca.

La mujer volvió a aparecer, se quedó parada en el marco de la puerta y lo invitó a entrar con una sonrisa indiferente.

Las ventanas en la siguiente habitación estaban cubiertas con telas de colores. Nada de muebles.

Sólo había una silla con respaldo. En la silla estaba sentado un hombre. De inmediato, Lalo notó que sus pies estaban atados a las patas delanteras de la silla. El hombre estaba erguido, con la espalda fija al respaldo. Lalo intuyó que sus manos estaban amarradas a la silla por detrás del respaldo. El hombre levantó la cabeza cuando Lalo entró.

Unos ojos oscuros penetraron a Lalo. Ojos llenos de miedo a la muerte. Lalo los esquivó cuando vio al Cowboy parado más atrás con los brazos cruzados sobre el pecho, tenía una sonrisa de satisfacción en su rostro, con lo que quería demostrarle confianza a Lalo, como si le confirmara que aprobaría esta prueba.

Lalo se quedó parado. Del lado derecho, en la penumbra detrás de la silla estaban tres hombres.

La luz que se filtraba a través de las telas no era suficiente para distinguir a detalle a los tres hombres. Uno parecía traer *jeans* y una camisa negra brillante de manga larga. Del cuello le colgaba una deslumbrante cadena de oro. Otro, que tenía una gran barriga, era tan pequeño que apenas les llegaba a los hombros a los otros. Sin embargo, tenía una cabeza grande con los ojos muy separados y en el labio superior un bigote angosto. Debía ser el Piojo, el gran jefe.

A Lalo le llamaron la atención las botas de piel clara de cocodrilo que el Piojo traía puestas en sus pequeños pies.

En cuanto tuviera suficiente dinero, también se iría a comprar un par como esas costosas botas de piel de cocodrilo.

El tercero estaba a la sombra de los otros, iba vestido de oscuro. Lalo no podía distinguir muy bien su cara, angosta y con ojos profundos. Ése podía ser el hombre apodado el Pistolero, que ya había trabajado como matón para el Piojo antes de que éste lo designara su mano derecha.

—Allí está —dijo la mujer a los tres hombres.

—Buenos días, Hilario —dijo el de la cadena de oro en el cuello—. Qué bien que pudiste venir. Sabemos que trajiste a un amigo, en el que crees que puedes confiar.

Lalo sintió cómo le subía la sangre a la cabeza.

—Él es como mi hermano —se defendió y su voz tembló ligeramente.

El hombre, que Lalo creía era el Pistolero, salió al frente. Lalo se sorprendió de lo joven que era. Su pelo alisado con gel tenía una raya muy cuidada del lado izquierdo. En el cuello de su oscura camisa a rayas colgaba una cruz pequeña con una joya roja como sangre en el centro. En la muñeca de la mano izquierda resplandecía un abultado reloj de oro.

—Eres puntual, Hilario. Eso me agrada. No me gusta la gente en la que no se puede confiar. En nuestro negocio uno tiene que poder confiar en sus amigos. La confianza, Hilario, ésa es una cosa muy especial, uno se la tiene que ganar.

El hombre se paró junto a la silla en la que estaba sentado el prisionero. Le colocó su mano derecha sobre el hombro.

—Éste es Ernesto Díaz. También lo llaman el Sapo. Pero yo no le voy a decir Sapo. Debe morir como hombre, y no como un sapo, ¿me entiendes? A pesar de que no trabajaba para nosotros es uno de nosotros. Un sicario, como lo serás tú. Su profesión es una profesión honorable, la de un juez honorable y la de un verdugo honorable —el hombre se rio—. Lástima que lo agarramos cuando mataba a uno de nuestros amigos. Simplemente le disparó por la espalda cuando cargaba en brazos a su pequeña hija y se levantaba para darle un beso. Ya te podrás imaginar lo que sucedió, Hilario.

Lalo asintió, a pesar de que en su cabeza todo estaba en desorden y ya no era capaz de pensar con claridad ninguna idea.

—La bala lo perforó por completo y por desgracia también mató a su pequeña.

Lalo asintió de nuevo y vio al hombre que estaba en la silla. El sudor le escurría a chorros sobre la cara pálida, que parecía una máscara.

—¿Verdad, Ernesto, que pasó como lo he contado? —dijo el hombre con la cruz de oro, era más una afirmación que una pregunta.

—Lo… lo siento —espetó el hombre sobre la silla—. Yo no quería eso. Fue una desgracia, una terrible desgracia.

—Lo sé, lo sé —dijo el hombre con la cruz de oro consolándolo—. Nosotros no somos vengativos. Eso puede pasar de vez en cuando. Pero tú sabes que tienes que pagar por eso, Ernesto. Eso lo sabes, ¿verdad?

El hombre bajó la cabeza, sus hombros empezaron a temblar. Lloraba y se apenaba de sus lágrimas.

El hombre con la cruz de oro le dio unas palmadas sobre el hombro. Luego se alejó un paso de la silla y estiró la mano hacia atrás.

—Dame el arma, Tex —dijo sin voltear.

Tex era el Cowboy. Destacaba la enorme hebilla de plata con la cabeza dorada de un Longhorn que el Cowboy llevaba en el cinturón.

Le dio una pistola al hombre vestido de oscuro, el cual le agradeció mientras miraba la pistola con el silenciador montado, como si nunca hubiera visto un arma igual. Después fue hacia Lalo.

—Tómala —dijo—. Ésta es una FN FIVE SEVEN belga. Yo utilizo la misma pistola cuando tengo que acabar algo. No me gustan los rifles semiautomáticos de fuego rápido. Yo soy un pistolero de verdad, Hilario, y mi arma es la FN FIVE SEVEN. Mata sin que tengas que hacer gran cosa. Sólo tienes que quitarle el seguro, apuntar con cuidado y disparar. Por cierto que el disparo no lo escuchará nadie, aparte de nosotros. Y desde luego que él también, pero será lo último que oiga: el tiro —pensar en el sonido del disparo parecía divertirle un poco—. Después, viene el fin —dijo con una sonrisa.

El Pistolero quería entregarle el arma a Lalo, pero éste no hizo ningún ademán por agarrarla.

—Toma, Hilario. Era de él —señaló hacia el hombre que estaba sudando y llorando sobre la silla—. Ahora te pertenece.

Lalo tragó y se dio cuenta de que tenía la lengua pegada al paladar.

Durante un segundo pensó en Rafa, que estaba abajo parado en la calle. Y en Loretta. Y los niños del orfanato. Y su madre.

—Ya tómala, chavo —le insistió el hombre por segunda vez—. Es una pequeña obra maestra muy fácil de manejar. Sus balas de calibre cinco punto siete por veintiocho milímetros perforan hasta chalecos antibalas, como los que llevan los tipos de la migra y los soldados. Una vez que la hayas usado, no creo que vayas a querer separarte fácilmente de esta lindura, Hilario.

Lalo sintió cómo le escurría por la cara el sudor de la frente. Cuando entró a la casa había estado dispuesto a cometer un asesinato, pero en ese momento se daba cuenta de que no tenía suficiente sangre fría. Y en ese momento, la sangre fría no sólo era necesaria, sino absolutamente indispensable.

A la vez que el Pistolero le quería dar el arma también mostraba comprensión. Asentía con la cabeza como si le diera ánimo. *Aunque con un poco de desprecio*, pensó Lalo.

—Ernesto es un sapo, Hilario. Míralo. Chilla como un niño. Y eso que sabía que algún día tenía que pagar. No hay de otra. ¿Y este pobre diablo qué tiene para pagar fuera de su vida? Pregúntale, si podría comprarse la vida. ¡Pregúntale! —el Pistolero se rio.

—¿Si lo soltara y le regresara la pistola te mataría? —preguntó el pistolero y de inmediato se contestó a sí mismo—. Sin pestañar te pondría el cañón de esta pistola en la frente y jalaría el gatillo. Él es lo que tú quieres ser, Hilario, un sicario. Un matón. Él ha matado a mucha gente. Pregúntale, Hilario. ¡Pregúntale a cuántos hombres ha matado!

Lalo se estremeció.

—Yo... yo no lo quiero saber —contestó y se esforzó mucho por darle un tono fuerte a su voz. A pesar de eso, era notorio que temblaba.

—Entonces yo le pregunto —el Pistolero se acercó a la silla—. Ernesto, dile al joven a cuántos te has echado hasta ahora.

El hombre sobre la silla levantó la cabeza. Ahora se veía sumamente débil. Completamente fuera de sí. Abrió la boca. Hilos de saliva unían su labio superior e inferior.

—¿Una docena? —preguntó el Pistolero.

—No quiero morir —rogó el hombre sobre la silla.

—Pues digamos que te has echado a una docena. ¿Cuántos crees que se va a echar este muchacho?

—Está demasiado joven —espetó el hombre atado.

Pistolero meneó la cabeza.

—¿Qué edad tenías tú la primera vez?

—Veintiséis.

—¿Con veintiséis decidiste volverte un sicario y matar a alguien?

El hombre sobre la silla afirmó.

El Pistolero se rio.

—¿Cuántos años tienes ahora?

—Treinta y cuatro.

—¿Treinta y cuatro?

—Sí, tengo cuatro hijos. Mi esposa se enfermó hace dos años y murió. Yo me tengo que hacer cargo de los niños.

—Eso es lo que debiste haber hecho, Ernesto Díaz. En lugar de eso, pusiste en juego tu vida. Mataste a varios de los nuestros. Tú lo niegas, pero sabemos que lo hiciste. No digo que seas malo hasta el tuétano, Ernesto, pero digo que tomaste las decisiones equivocadas. Un sicario no debe tener cuatro hijos, porque nunca sabe cuándo llegará el día en que él mismo tenga que pagar con su vida. ¿Qué va a ser de tus hijos, Ernesto? Van a estar muy alborotados cuando se enteren de que te asesinaron, van a buscar venganza y vamos a tener todas las manos ocupadas, defendiendo a nuestros hijos de los tuyos. Eso, a su vez quiere decir que a lo mejor no nos va a quedar otra salida que matar a uno de tus hijos. Mira a este muchacho, no tiene ni dieciséis años, no tiene padres ni hermanos. Así se le va a hacer más fácil decidir correctamente. ¿Crees tú que él piense en embarazar alguna vez a una mujer, varias veces? No, él sólo piensa en cómo puede sobreponerse a su miedo, que tanto lo domina, tal vez hasta se regresa a casa sin haber pasado la prueba.

—Entonces, déjalo ir —suplicó el hombre.

—Pero él no quiere ser un perdedor y tener que andar pensando toda su vida que, en el momento decisivo, no hizo lo que debió haber hecho para ser un sicario.

El hombre en la silla aspiraba y exhalaba por la boca completamente abierta como si ya no tuviera aire.

El Pistolero suspiró.

—Lo siento, Ernesto. Yo quería evitarte todo esto, todo este largo sufrimiento. Tú podrías estar muerto y abrazar a tu mujer. ¿Eso quieres, verdad?, ¿quieres ir con tu mujer muerta?

—Yo quiero… —balbuceó Ernesto, y fueron las únicas dos palabras que pudo soltar entre sus labios. La palabra que quizá quería decir, que probablemente quería gritar, era vivir. Eso quería: vivir.

En ese momento, el Pistolero mira a Lalo y le extiende el arma. La mano de Lalo la toma automáticamente. Sus dedos abrazan el mango de la FN FIVE SEVEN. La pistola está pesada, demasiado pesada para su mano. La dirige hacia la cabeza de Ernesto. Su mano tiembla un poco.

Lalo estaba separado más o menos por cuatro metros del hombre en la silla. Se acerca tres pasos hacia ésta.

—Espera —dice el Pistolero y le levanta un poco su pálida mano—. Es un asunto sucio.

Se retira, pues teme que lo alcancen salpicaduras de sangre. También los otros hombres se retiran.

Lalo voltea hacia el Cowboy. Éste lo anima asintiendo.

La mirada de Lalo roza a la mujer que está en la puerta. La sonrisa fría parece haberse congelado en su cara pálida.

A lo mejor es esa sonrisa lo que lo ayuda a sobreponerse al miedo. Da un cuarto paso. Coloca la boca del silenciador sobre la frente de Ernesto Díaz. Exactamente entre los ojos.

Él mismo se extraña de lo tranquila que está su mano. El hombre en la silla levanta la cabeza.

—Perdóname a mí y a mis cuatro hijos —clama ronco.

Lalo lo oye, pero no comprende las palabras del hombre. Oprime con fuerza los labios. Ahora ya no respira.

Está listo.

Ahora está listo.

Su dedo puesto en el gatillo, que se dobla. El hombre en la silla abre los ojos, los cuales se salen de sus órbitas. Como si quisiera ver salir del silenciador la bala que lo matará.

Sólo que el disparo no cae.

Ninguna detonación. Ninguna bala que le pegue entre los ojos. Ninguna llamarada del cañón, ni humo que le queme los ojos desorbitados. Nada de sangre, que se embarre contra la pared a sus espaldas.

Un *click* metálico, duro, es el único sonido que surge de la pistola. Durante un segundo, el dedo de Lalo se congela en el gatillo. Luego lo dobla de nuevo, y empieza a gritar. Coloca la punta del cañón sobre la frente de Ernesto con tal fuerza que su cabeza cae hacia atrás y la silla por poco se voltea.

Sólo cuando el Pistolero agarra del brazo izquierdo a Lalo y lo jala hacia atrás, deja de gritar.

Como si repentinamente hubiera despertado de una pesadilla, incrédulo, clava la mirada en la pistola que está en su mano. Su dedo está doblado, el gatillo jalado.

Por más que se esfuerce en este momento, la pistola se niega a servirle. No lo puede creer. Gira la cabeza. Le presenta el arma al Pistolero, como si la pistola lo hubiera defraudado.

—Ésta... ¡ésta no quiso! —espetó.

El Pistolero menea la cabeza. Luego empieza a reír. Y los demás también empiezan a reír. Ríen de buena gana y su risa libera a Lalo. Su dedo suelta el gatillo. Mira al hombre sobre la silla. El hombre llora y ríe al mismo tiempo. Le escurren lágrimas y sudor por la cara. Su mirada vaga por el cuarto, va de uno de los hombres que ríen al otro. Posiblemente cree haberlo logrado. Quizá cree que puede seguir viviendo.

Lalo ya no comprende al mundo. Lo único que entiende es que ha pasado la prueba.

Él había estado listo.

Él hubiera matado a Ernesto, si la FN FIVE SEVEN hubiera funcionado.

Eso, a su vez, significa que a partir de hoy es un sicario.

Está orgulloso. Tan orgulloso que por poco se le salen las lágrimas.

Pero las retiene.

Se ríe. Mira la pistola en su mano. Se ríe más fuerte.

El Pistolero camina hacia él y le muestra una mano llena de balas.

—Está descargada, Hilario —le explica con calma.

Lalo toma las balas de la mano. Abre el cargador, y empieza a llenarlo con las balas. Los hombres estudian sus movimientos. Comprueban que sabe manejar la pistola. Con fuerza empuja el cargador dentro del mango de la pistola.

—¿Qué hay con él? —le pregunta al Pistolero—. ¿Lo debo hacer ahora?

El hombre con nombre de pistola sonríe.

—Pero no, muchacho —estira la mano en la que antes había tenido las balas, la abre como si quisiera agarrar algo y cierra lentamente los dedos, hasta que de la mano se hace un puño—, su vida me pertenece a mí.

Aquél que le había enseñado a Lalo el manejo de las armas, se acerca y le da unas palmadas en el hombro.

—Bien hecho, muchacho —dice. Te has ganado las espuelas.

La mujer sólo sonríe. Apenas diferente a como había sonreído antes.

El hombre bajito se acerca a Lalo y lo mira desde abajo hacia arriba.

—¿Tú sabes quién soy, verdad?

Lalo asiente.

—Me llaman el Piojo —dice con orgullo el hombre—. Me reconocen porque trato bien a mi gente y sé recompensarles sus esfuerzos. Toma mi mano, Hilario Gutiérrez. Ahora formas parte de mi familia.

El apretón de manos del pequeño hombre es débil. Su boca con los labios delgados forma una línea debajo de la raya del bigote.

Sin decir más, el Piojo libera la mano de Lalo, pasa junto a él y abandona la habitación. Uno de los hombres, que hasta entonces había permanecido en el fondo, lo sigue como una sombra.

La mujer les abre la puerta, sin volverla a cerrar.

—Ven —llama a Lalo—. Has pasado la prueba.

Conduce a Lalo a otra habitación en la que está un escritorio. Se sienta detrás, abre un cajón y saca unos billetes que extiende sobre el escritorio.

—Estos son quinientos dólares, Hilario. En billetes de cincuenta. Puedes hacer lo que quieras. Ve y cómprate algo decente de vestir. Piensa que pueden pasar varios días hasta que recibas un encargo. El dinero te debe alcanzar hasta entonces. No puedes venir por más. Vas a trabajar con otros dos. Los encontrarás en El Paso. Aquí está el teléfono al que debes llamar en cuanto estés del otro lado.

Ella coloca un papelito encima de los billetes.

—Memoriza lo más pronto posible el número del papelito. De ahora en adelante memoriza todos los números y nombres. No anotes nada. Ningún número. Ningún nombre. Ninguna dirección. Nada. ¿Qué nombres escuchaste en el otro cuarto durante la prueba?

Lalo se rasca la nuca.

—El hombre en la silla se llamaba Ernesto Díaz.

—¡Olvida ese nombre! —la voz de la mujer de repente se vuelve filosa como un cuchillo—. ¿Algún otro nombre?

—Tex.

—¿Cuál otro?

—Nadie más dijo algún nombre. Pero creo que el Piojo, allá adentro...

—A ése lo conoce cualquiera, y él no se tiene que esconder porque es el jefe. Es intocable.

—Nadie más mencionó un nombre —dice de nuevo Lalo.

—Bien. Escoge para ti un nombre clave. Cualquier nombre, al cual responderás. El nombre de un artista de cine o de un superhéroe.

—No se me ocurre ninguno.

—No lo tienes que hacer ahora. Pero cuando te den la orden, debes tener un alias.

—¿Quién me dará la orden?

—Nosotros. A la mejor seré yo la que te llame. A la mejor es el Pistolero. Por el primer trabajo recibirás como diez mil dólares. Vas a tener que dividir ese dinero con los otros dos, con los que vas a trabajar. Cada uno recibe lo mismo. Entonces, ¿con diez mil dólares, cuánto recibe cada uno?

—Tres mil trescientos treinta y tres dólares y treinta y tres centavos.

—Maravilloso, Hilario, te felicito. A lo mejor eres uno de los pocos sicarios que sabe hacer cuentas en la cabeza. Tómalo, pues. Toma el dinero —con el dedo índice toca los billetes y el papelito—. Y no olvides, los muchachos en El Paso esperan tu llamada.

Lalo toma los billetes y el papelito, y mete todo en la bolsa derecha de sus *jeans*.

—Y otra cosa, Hilario, de hoy en adelante eres un hombre distinto. No vas a confiar en nadie, entiendes, ni siquiera en tu amigo. Tampoco en nadie más. A partir de hoy te mueves en un mundo peligroso. Habrá gente que no querrá otra cosa más que quitarte del camino. No sé si alguien te vio cuando llegaste aquí. Tampoco sé si nuestros enemigos ya saben desde hace tiempo que te hemos adiestrado. Esta guerra es la más terrible de las guerras. No sabes quiénes son tus enemigos, ni tus amigos. En realidad, Hilario, alguien como tú no tiene amigos. Por eso, vas a dejar el orfanato y vas a ir a vivir a otra parte. Los muchachos en El Paso se encargarán de que encuentres algo. No es posible que un sicario viva en un orfanato, ¿está claro?

—Claro —asiente Lalo—. ¿Y qué pasa con mi amigo?

—Rafael Robles.

—Sí, Rafa es mi amigo.

—¿Podría llegar a ser un sicario?

Lalo se ríe.

—¿Rafa?, jamás. No le puede ni doblar un pelo a una mosca.

La mujer sonríe con la misma sonrisa fría de siempre.

—¿Las moscas tienen pelos, Hilario?

—Eso… eso no lo sé, pero…

—Tal vez las moscas son calvas, Hilario —lo interrumpe la mujer sonriendo—. Sea como sea, desde luego entiendo lo que me querías decir. Rafa nunca podría matar a alguien, ni por mucho dinero que se le ofrezca. Es decir que no sirve como sicario. Pronto vas a tener que separarte de él. Y otra recomendación que debes tomar muy en cuenta: No dejes que el dinero que recibes se te suba a la cabeza. Y cuídate de las muchachas. De las novias de los sicarios. Ellas son más mañosas que tú, Hilario. Ellas saben lo que quieren. Y lo que quieren es sexo y dinero. No hables con ellas de tu trabajo. A tus amigos, dales regalos con reserva, con sexo o con dinero. Algunos de ellos nunca están satisfechos y, cuando ya no te necesitan, te matan.

—No me interesan mucho las vie… las muchachas.

—Bien. Aquí en Juárez hay suficientes muchachas que se prostituyen. Toma de ellas lo que necesites. Págales bien. Teniendo dinero te va a ser fácil el acceso a drogas. Dales la porquería que quieran: *meth*, *crack*, mariguana. Ellas te darán todo a cambio. Y recuerda, nunca lo hagas sin condón.

Lalo sonríe.

Esta vez la mujer ya no sonríe.

—¿Bueno qué más esperas? Te puedes ir. Tu amigo te espera. Hasta luego. De vez en cuando ve a la iglesia y reza.

—¿Por usted, señora?

—Por ti.

Lalo se da la vuelta de manera un poco brusca y sale del cuarto.

La sonrisa fría de la señora lo acompaña mientras baja la escalera y cuando atraviesa la puerta de salida hacia la deslumbrante luz del día.

Deslumbrado por el sol, Lalo saca el celular de su pantalón. Con los ojos entrecerrados distingue a Rafa. Todavía está parado en donde lo dejó.

Durante algunos segundos Rafa no se mueve. Luego levanta el pulgar.

Lalo vuelve a meter el celular en la bolsa del pantalón y atraviesa la calle.

Rafa lo mira con curiosidad.

—¿Qué pasa? —se ríe Lalo—. ¿Por qué me examinas con tantas miradas?

—¿Qué, a partir de hoy está prohibido mirarte? —le responde Rafa.

—No, desde luego que no. Es tu mirada, Rafa. Me miras como nunca antes me habías mirado.

—¿Pues cómo?

—Con desconfianza. Como si yo tuviera malas intenciones contigo.

—No, eso no lo creería de ti. Eso no.

—¿Entonces qué? —Lalo se ríe—. ¿Quieres ver algo? Aquí, mira —Lalo levanta ligeramente la costura de su playera sudada y deja que Rafa le eche una mirada a la cacha de la pistola que trae en el cinto.

—¿Qué es eso? —pregunta Rafa.

Lalo se ríe.

—¿Qué será?, una pistola.

—Ya sé que es una pistola.

—Es una FN FIVE SEVEN —Lalo mete la mano en la bolsa del pantalón y saca algunos billetes. Rápidamente echa una mirada alrededor. Comprueba que no hay nadie cerca que los esté observando. Con las manos ahuecadas, como si quisiera proteger algo muy valioso, deja que Rafa vea los billetes.

—Quinientos dólares —susurra, y de inmediato vuelve a meter el dinero en la bolsa del pantalón.

—¡¿Quinientos dólares?! —dice Rafa impresionado—, ¿para qué te dieron tanto dinero?

—Es mi anticipo. Cada semana recibo quinientos dólares.

—¿Y qué tienes que hacer para eso?

—Nada.

—No te creo. Nadie recibe quinientos dólares por "hacer nada".

—Ya te lo dije. Es mi anticipo porque tengo que estar listo, ¿me entiendes? A partir de hoy soy empleado del Piojo.

—¿El Piojo?

—Precisamente él, Rafa. El Piojo. El amo más pequeño del mundo de la droga. Un metro cincuenta y dos. Todos lo conocen. Todos saben que se llama Rodolfo Castro, pero ni la policía ni los matones de Kiki Benítez han logrado aniquilarlo.

—¡Un empleado del Piojo! —exclamó Rafa cortante—. El Piojo no tiene empleados, Lalo. Todos los que trabajan para él son asesinos o traficantes. Y los políticos y policías corruptos lo apoyan, y por eso reciben dinero. Como tú no eres político y estás armado con una pistola, simplemente supongo que te contrataron como asesino, y por eso recibiste tu anticipo.

Lalo le da la espalda a Rafa. Durante algunos segundos se queda parado, apartándose de su amigo, clavando la mirada en el vacío, sin ver algo. Cuando vuelve a darse la vuelta, sonríe.

—Todavía no he matado a nadie —dice y toma a Rafa del brazo—. Ven, vamos a largarnos de aquí. Y no pongas esa cara, Rafa. De verdad, no he matado a nadie. Mi playera está mojada de sudor y sin ninguna mancha de sangre. También mis manos están limpias. Míralas. Nada de sangre, Rafa. Ni una salpicadura.

Rafa se pasa los dedos abiertos por el pelo.

—Tus manos todavía están limpias, Lalo. Pero, ¿qué vas a hacer cuando te exijan matar al primer hombre?

Lalo se encoge de hombros.

—¿Cómo quieres que lo sepa, Rafa? Éste no es el momento para andar pensando en esas cosas. Ahora vamos al *mall* de Plaza de las Américas, y con estos hermosos billetes gringos compramos nuevos *jeans* y playeras, y unas preciosas botas de piel de cocodrilo. Y los dos necesitamos a fuerza un celular nuevo para que no nos perdamos nunca.

De nuevo, Lalo toma a su amigo del brazo y lo jala hacia la orilla de la calle, en donde está un taxi viejo, completamente abollado.

En ese auto van al centro comercial. Al pagar, el taxista les pregunta, de paso, si es posible que alguien los hubiera seguido.

Ambos menean su cabeza.

El taxista levanta los hombros.

—Bueno, entonces —dice—, vayan con Dios, muchachos.

Lalo y Rafa se miran brevemente. Luego se asoman a través de la ventanilla trasera del taxi. Están en un gigantesco estacionamiento, directamente enfrente de la entrada principal del centro comercial. La gente pasa junto al taxi hacia la entrada. Otros salen, cargando bolsas de plástico.

Una patrulla de la policía pasa lentamente a su lado. El acompañante los observa. Sin querer, Lalo sume un poco la cabeza.

—¿Alguien nos siguió? —le pregunta Rafa al conductor.

El taxista se voltea en su asiento.

—Un SUV negro —dice—. Ford. Vidrios polarizados. Placa de Texas. Me llamó la atención porque el conductor siempre intentaba mantenerse a distancia, sin perdernos de vista.

—¿Todavía lo ve en algún lado?

—No, cuando nos metimos al estacionamiento siguió derecho. Es posible que me haya equivocado, muchachos. Puede ser que por casualidad el Ford iba al mismo trayecto.

—¿Pudo ver quién estaba sentado adentro?

—No, ya les dije que el chofer trataba de mantenerse a distancia. Podría haber jurado que nos seguía, pero ahora...

El chofer del taxi se encoge de hombros otra vez y luego se limpia el sudor de la frente.

Rafa y Lalo se bajan. Cuando el taxi se aleja, voltean hacia todos lados.

—No hay nada —dice Lalo—. Puede ser que no tenga nada que ver con nosotros, pero también puede ser que nos estén observando.

—A la mejor deberíamos regresar al otro lado de la frontera —propone Rafa.

—No, hombre, no dejes que te confunda. El taxista seguro se equivocó, Rafa. Además, el cruce de la frontera ya está arreglado. No podemos cambiar los planes así porque sí, nada más porque te cagas del miedo. En dos horas vamos a encontrarnos con nuestro chofer.

—¿Y si en verdad alguien nos siguió?

—¿Por qué razón?

—Porque te quieren eliminar antes de que empieces de verdad.

—Estás loco, Rafa. ¡Nadie me conoce! Soy nuevo en este negocio. Ahora ven, vamos de compras. En ningún lugar hay botas de *cowboy* más chingonas que aquí.

Lalo se da la vuelta y camina hacia las puertas de vidrio del centro comercial. Rafa echa un rápido vistazo alrededor pero no ve el Ford negro que está bajo la sombra de un árbol, encajonado entre la caja de un camión y una *pick up*.

Lalo lo espera en la puerta de vidrio.

—¿Qué pasó?, ¿vienes? —llama a su amigo.

Rafa querría salir corriendo por el puente de Río Grande, y con eso al otro lado de la frontera, que queda a sólo dos kilómetros. Podría caminar los dos kilómetros, a pesar de que esta tarde hace un calor sofocante.

Dos kilómetros.

Hasta la entrada del centro comercial sólo son diez pasos.

ESTÁN SENTADOS EN UNA HILERA de bancas, dentro de la iglesia, donde se venera la imagen de San Ignacio.

En la Plaza de las Américas, Lalo entró con un estilista para que le cortaran y arreglaran el cabello, antes se fumó un porro. Se siente bien. Como recién nacido. Su nuevo peinado le gusta. Mechones cortos se levantan en todas direcciones, como si alguien le hubiera alborotado el cabello con los dedos.

A Rafa, su amigo le resulta peculiar con su ropa nueva, la camisa blanca, la cadena de oro en el cuello, los *jeans* a la moda y las nuevas botas de piel de cocodrilo. Y su nuevo peinado.

De la cadena de oro no cuelga una medalla con la Virgen de Guadalupe como en la de Rafa, sino un dije con un escorpión de oro.

Sobre la banca, entre Rafa y Lalo, está una bolsa de plástico con una cajita dentro de la que está guardado el nuevo celular *touchscreen* que Lalo se acaba de comprar, lo más moderno en celulares.

Lalo está contando el dinero que le sobra. De los quinientos dólares, le sobran un poco más de cien.

Exactamente ciento ocho dólares y setenta y nueve centavos.

Lalo cuenta dos veces el dinero. Y después una tercera vez, aunque sólo los billetes. Es agradable sentirlos. Jamás había tenido tanto dinero en la mano como hoy.

Lalo olfatea sus dedos. No huelen a sangre. Huelen a dinero. Y a gel para el cabello.

Con una sonrisa mete el dinero en la bolsa izquierda del pantalón, y sólo se queda con un billete de diez dólares en la mano.

Generoso, le muestra el billete a Rafa, como si se lo quisiera regalar, pero Rafa casi no le presta atención. Él está absorto en la figura de San Ignacio: allí, callado con su traje de sacerdote; se ve pequeño y delgado ante la ondeante luz de las velas votivas. De su traje cuelgan tarjetas postales de devotos que han confiado en él durante sus viajes. Algunos han dejado pequeñas láminas con forma de manos, piernas, y corazones: los milagros.

Lalo se levanta y va a la caja de la ofrenda; dobla el billete de diez dólares y lo introduce en la rendija.

Luego se sienta otra vez y le muestra a Rafa el papelito con el número telefónico que la mujer le entregó.

Trata de aprenderse el número de memoria —en realidad ya se lo sabe, pero teme que luego pueda olvidarlo.

A pesar de la advertencia que le había hecho la mujer, Lalo pensó en grabar el número en su celular nuevo, pero la batería todavía no estaba cargada. El celular viejo lo iba a tirar en el Río Grande, donde desaparecería con todos los datos de su pasado en la arena fina al fondo del río.

Hoy empieza una nueva vida para Lalo.

—En cuanto estemos del otro lado hablamos a este número —musitó.

Rafa no le contesta. En lugar de eso, se arrodilla, junta sus manos y empieza a rezar.

Lalo coloca el papelito en la bolsa delantera de su nueva camisa. Cuando quiere arrodillarse recuerda que sus *jeans* le costaron casi cien dólares. Por eso se queda de pie y sólo inclina la cabeza.

Los dos oran en voz baja, musitan sus rezos con las manos dobladas. Rafa reza por su amigo, y sabe que Lalo ora por él. Siempre lo han hecho así, por lo menos ambos recuerdan eso.

—Cuando alguien reza por sí mismo tal vez no lo toma muy en serio, para que a Jesús y a la Santa Madre María les agrade escuchar —había dicho Lalo alguna vez, cuando habían rezado juntos—. Quizá sería mejor, que tu reces por mí y yo por ti.

Así lo habían hecho de ahí en adelante y también lo hacen ahora. Cuando abandonan la iglesia, Rafa no sabe si sirve de algo que Lalo rece por él.

Porque Lalo ya va poco a la iglesia. Últimamente, Loretta casi lo tiene que obligar a ir, tiene que apelar a su consciencia y recordarle que se está moviendo sobre un filo angosto, y que basta con un pequeño paso en falso para que caiga al infierno o, cuando menos, al purgatorio.

—¿Tú todavía crees en Dios? —le pregunta Rafa, cuando están parados afuera bajo los rayos del sol.

El ambiente huele a los gases del escape de los coches que están atorados en el embotellamiento, mientras tocan sus bocinas; y a los burritos que vende un hombre en un pequeño puesto a la orilla de la calle.

Caminan hacia el puesto. Cada uno compra un burrito con carne de cabrito, frijoles y arroz, y dos botellas de Coca Cola, y se sientan sobre una banca. Mientras comen, observan a la gente y los autos que pasan. La pregunta de Rafa todavía está en el aire, finalmente, después de haberse comido más de la mitad de su burrito, Lalo responde que nunca dejará de creer en Dios, pues Dios lo protege en este camino.

—Pero estuviste dispuesto a matar a un hombre. Dios no puede aceptar eso.

—Ese hombre que estaba en la casa rosa, carga con muchas vidas en su consciencia.

—Si es un sicario, ésa es su chamba.

—No, él no es un verdadero sicario. Es un asesino a sueldo de lo peor.

—Eso lo dices como si en verdad hubiera alguna diferencia.

—Hay una diferencia, Rafa. Él trabaja para Kiki Benítez.

—¿Y tú?

—¿Yo? Yo trabajo para los buenos.

—¿Los buenos? Si hoy hubieras matado a un hombre, desde ahora serías un asesino. No importa para quién trabajes.

—Nosotros somos los buenos —insiste Lalo con terquedad—. No lo olvides. Nunca voy a ejecutar a un inocente, no me importa cuánto me puedan pagar. Yo elimino a los que merecen la muerte.

—¿Porque mataron a un hombre?

—Sí, porque mataron a inocentes.

—¿Cómo sabes que los que ese hombre mató eran inocentes? ¿Quién te lo dijo?, ¿el Piojo o el hombre que te enseñó a disparar?

—Yo sé que hasta mató a niños inocentes.

—¿Cómo puedes estar tan seguro?

—Él lo confesó.

—¿Lo confesó cuando creía que tú lo ibas a matar? ¿Y tú le creíste?

—No tengo por qué dudar de sus palabras, Rafa.

—¿Y si todo eso lo dijo para salvar su vida? —contraataca burlonamente Rafa—. En su situación, hasta te hubiera confesado haber matado a sus propios hijos. ¿De veras no lo entiendes?

Lalo mira desconcertado a su amigo.

—¡¿Estás loco?! Yo recibo un encargo. ¿En serio crees que me voy a poner a pensar si el hombre a quien debo matar me está diciendo la verdad, o no? No me pagan para que me ponga a pensar eso. Me pagan por eliminar a un hombre. Punto.

Rafa muerde un pedazo de su burrito, lo mastica lentamente. El burrito está muy rico. *Como si lo hubiera hecho mi mamá*, piensa.

Toma un trago de la Coca helada.

En ese momento, nota a un muchacho que carga a un cachorrito en los brazos. El muchacho deja que el perrito le lama la cara.

—¿Ves al niño de allá enfrente?

Lalo mira en la dirección que Rafa le indica con la cabeza.

—Sí, ¿qué con él?

—¿Tú crees que tenga padre?

Lalo se encoge de hombros.

—A la mejor, algún día, tendrás que matar a su papá.

Lalo mira a su amigo sin comprenderlo.

—Rafa, estás loco.

—¿Por qué? Podría ser.

—Mejor no te imagines esas cosas.

—¿Por qué?, ¿te remuerde la consciencia?

—¿A mí? —ríe Lalo—. No, ya te dije que no me pongo a pensar en esas cosas. Cuando me den mi primer encargo lo cumpliré. Y tú tampoco te debes poner a pensar esas cosas, Rafa. No es bueno. Te vas a volver loco si tienes esas ideas tan feas. A la mejor el niño ni siquiera tiene un padre. A la mejor sólo tiene ese perrito. ¿Quieres que le pregunte?

Lalo se levanta de la banca.

—¡Ey, chavo! —llama al niño, quien levanta la vista. Sus ojos expresan temor. Querría salir corriendo, pero Lalo le hace señas para que se acerque.

—¡Ven acá! —lo llama en español—. Aquí tengo algo para ti y para tu perro.

Lalo le estira la mano con lo que queda del burrito. El niño duda.

—No tengas miedo, chavo. No te voy a hacer nada. Si quieres, te compro un burrito.

El niño se anima y se acerca. Por precaución, se queda parado a unos pasos de distancia. El cachorro quería escapar de su brazo, pero el niño no se lo permite.

—Te quiero preguntar algo, chavo —dice Lalo.

El muchacho hace una mueca y asiente.

—¿Tienes papá y mamá?

El muchacho entrecierra un poco los ojos. No esperaba esa pregunta.

—Dímelo, chavo. ¿Tienes papá?

El niño lo niega con un movimiento de cabeza.

—¿No tienes papá?

—No —susurra el niño.

—¿Pero seguramente tienes madre? Todos los que vienen al mundo tienen una madre.

—Yo no —responde el niño—. Yo sólo tengo a mi perro. Y no te lo doy, si eso es lo que quieres.

Lalo se ríe.

—Qué te pasa, chavo, tu perro es tu perro. Ven, te compro un burrito.

—Mejor dame el dinero —dice el niño.

—Tú prefieres el dinero.

—Sí, mejor dame el dinero.

—Tengo un celular viejo que ya no necesito.

—No necesito un celular viejo.

Lalo le da unos dólares al muchacho y éste se aleja rápidamente porque teme que Lalo se los quite.

Lalo ni siquiera se fija en cómo se aleja. Se sienta en la banca junto a Rafa, toma un trago y come un pedazo de su burrito.

No dice nada. Los dos están sentados juntos, guardan silencio.

Finalmente, Rafa se levanta. Su sombra cae sobre Lalo.

—¿Y? —pregunta con dureza.

Lalo alza la cabeza.

—Ningún "y" —sonríe.

Rafa respira profundamente.

—*Okey* —dice— no tiene papá. Pero eso no cambia nada el hecho de que tú vas a asesinar a los padres de alguien, Lalo.

—No le voy a preguntar a nadie si es papá o no, Rafa. Voy a ir y lo voy a matar. Eso es todo. Eso es lo que debe hacer un buen sicario y yo voy a ser un buen sicario. A la mejor hasta voy a ser el más chingón.

—El mejor sicario.

—Sí, eso es lo que voy a ser, ya verás.

Ambos se levantan, dejan los platos desechables, las servilletas y los cascos vacíos de Coca Cola en la banca y se alejan del parque.

A la hora acordada están en el lugar donde los espera el mismo taxi que los había pasado por la frontera. Sólo que el conductor es otro, pero tampoco tiene dificultades para pasarlos por la garita.

Al pasar por en medio del puente, Lalo con un fuerte movimiento lanza su celular viejo por encima de la cerca al río.

De inmediato, el aparato se hunde en el agua espesa, de color café rojizo, que fluye lentamente hacia el este, por toda la frontera hasta el Golfo de México.

El taxi los lleva a una estación de autobuses.

Desde allí, Lalo llama con el celular de Rafa al número que le dio la mujer. Ahora sí ya se lo sabe de memoria.

Alguien descuelga, pero no dice nada.

—Hola —dice Lalo—. Soy yo.

—¿Quién?

—Yo. Tengo que hablarles. Soy el tercero.

—¿El tercero?

—Sí.

—Bien. Ve al cruce de East Sixth y South Virginia. Allí te recogemos.

—No estoy solo. Mi amigo…

Lalo deja de hablar porque del otro lado ya colgaron. Le devuelve el celular a Rafa.

—¿Tú sabes en donde está el cruce de East Sixth y South Virginia? —le pregunta.

—En algún lugar al sur de la ciudad —responde Rafa—. En dónde, exactamente, no sé.

—Bien, entonces tomaremos un taxi.

—Yo preferiría irme a mi casa.

—No, tú vienes conmigo. Yo te necesito. Tú eres el único en quien puedo confiar ciegamente.

Lalo le pone el brazo sobre el hombro a Rafa.

—Somos amigos, por siempre y hasta la eternidad —le jura.

Toman el siguiente taxi y van al cruce acordado. En el camino, Lalo desempaca su nuevo celular, le da un beso a la pantalla y lo desliza dentro del bolsillo del pantalón.

Dobla el instructivo y lo mete en la bolsa trasera de sus *jeans* nuevos.

Ahora soy un hombre, piensa. *Me siento como recién nacido, con una pistola, un celular* touchscreen *y casi cien dólares en la bolsa. Le di diez a San Ignacio, por si las dudas. Uno nunca sabe si en verdad hay un infierno. Lo siguiente que me voy a comprar es un coche. Una* pick up *acondicionada con todos los lujos.*

Y cuando la pila del celular esté cargada —pensó Lalo—, *entonces el mundo será mío.*

El Jeep Wrangler, que se detuvo unos pasos adelante de Rafa y Lalo, es de color amarillo llamativo y casi nuevo.

Detrás del volante está sentado un muchacho que lleva una gorra de basquetbol de los Mavericks de Dallas, lo que hace juego con la camiseta sin mangas también con los colores del equipo de basquetbol.

El muchacho tiene un cuerpo entrenado con hombros musculosos, debajo de su ojo izquierdo tiene una herida recién cicatrizada.

De todos modos, la primera impresión que le da a Rafa es de invulnerabilidad.

El otro, que está sentado junto a él, se ve joven.

Lleva puesta una gorra, con la visera hacia un lado, y una playera demasiado grande con la imagen de Tupac Shakur, el rapero asesinado. Cuando el Jeep se detiene, el joven está oprimiendo los botones de su celular, sólo levanta brevemente la mirada y vuelve a concentrarse en la música que le retumba en la cabeza a través de unos audífonos minúsculos.

El que está detrás del volante, en realidad se llama Martín Márquez Delgado, pero su alias es Gato.

El pequeño aún no tiene alias. Su nombre es Rodrigo Ochoa, pero Gato lo llama Kaká. No porque de vez en cuando se le olvide bajarse los pantalones cuando caga, sino porque es un gran admirador del jugador brasileño de futbol: Kaká.

—Ahí están los dos —le dice Gato al muchacho junto a él pero no lo escucha.

El Gato le hace una seña a Rafa y Lalo para que se acerquen.

De inmediato, Lalo reacciona y empieza a caminar e instintivamente su mano derecha baja hacia donde guarda su arma.

El Gato saca una cajetilla Camel de la guantera, donde guarda su pistola, también una FN FIVE SEVEN. Por precaución, deja el compartimento abierto, se coloca un cigarro entre los labios y lo enciende.

Rafa sigue a Lalo a cierta distancia. Todavía está a unos cinco pasos detrás de Lalo cuando éste se detiene frente al Jeep en la puerta del conductor.

—Me dijeron que traías a un amigo —dice el Gato con una sonrisa despectiva.

Lalo no hace caso, de inmediato va al punto.

—¿Para qué nos encontramos aquí?

—Para conocernos.

El chico apaga su celular, levanta la mirada, pero a pesar de eso es como si no estuviera presente.

—¿Quiénes son estos dos? —pregunta.

—Yo soy el tercero de ustedes —le explica Lalo.

—¿Y aquél? —pregunta el muchacho y señala con la cabeza a Rafa.

—Ése es su amigo —sonríe el Gato.

El chico hace un gesto, como si hubiera comprendido el motivo del encuentro, y otra vez se distrae con la música.

—Súbete —le indica el Gato a Lalo.

—No voy sin él —le contesta Lalo.

Los ojos del Gato se achican. Estudia a Rafa, que se detiene a pocos pasos del Jeep.

—¿Cómo se llama?

—Pregúntale tu mismo.

El Gato le hace una seña a Rafa y le pregunta por su nombre.

—Rafa.

—*Okey*, un nombre sólo es un nombre, amigo. El mío es Gato. El chavo ese, que todo el tiempo está con su juguete, es Kaká.

—¿Kaká?, ¿se llama así?

—Sí, es un jugador de futbol y admira al gran Kaká. Pero lo que sí debes saber es que si te conviertes en riesgo para nosotros, te voy a buscar y encontrar en cualquier lugar y a cualquier hora. ¿Sabes que es riesgoso para nosotros?

—Sé lo que es, y también entiendo lo que quieres decir.

—Bueno, entonces se pueden subir los dos.

—¿A dónde vamos? —pregunta Rafa, y a cambio recibe una mirada fulminante del Gato.

—Tú no haces preguntas, ¿entendido? Lo mejor para tu salud sería que cerraras las orejas y no abrieras la boca.

—¿Y qué pasa con oler? —responde irónicamente Rafa—. Hueles a gato, hombre.

El Gato se ríe maliciosamente.

—Lo soy, hombre. Una pantera. Espérate a la noche y vas a entender —el Gato tira el cigarro a medio fumar a la alcantarilla y se dirige a Lalo—. Tercero, ése es un buen nombre para ti. El Tercero, el Tercero de la partida. Así te voy a decir, si no te molesta.

Lalo sonríe en señal de que está de acuerdo.

—Bien, creo que nos vamos a entender, tú y yo y el chavo —el Gato se voltea hacia Kaká—. ¡Hazle espacio a Tercero y pásate atrás con el otro! —le ordena.

El muchacho se cambia hacia atrás, pero cuando Lalo se quiere subir, el Gato se lo impide con la mano estirada.

—¿Puedes manejar una cosa de éstas?

—Yo creo que sí —asiente Lalo.

—Tú crees que sí. Pero yo te pregunté si puedes manejar uno de estos, no si *crees* que puedas manejarlo.

—Claro que puedo manejar una cosa de éstas. Francisco a veces me deja manejar su Toyota al depósito de basura.

—¿Quién es Francisco?

—Nuestro jardinero en… —Lalo se detiene, mira a Rafa. Rafa se encoge de hombros—. Un amigo —responde Lalo al fin.

El Gato se ríe.

—Aprendes rápido, Tercero. Entre menos me entere yo, mejor para ti. Lo único que tenemos que saber, es si podemos confiar mutuamente. Sé que aprendiste de Cowboy a manejar varias armas, y que eres un buen tirador. No sé nada más. Por eso te pregunté si puedes manejar un coche. *Standard*, por supuesto.

—Puedo —dijo Lalo.

—Bien, entonces toma el volante.

Lalo le da la vuelta al Jeep y se sube del otro lado. Rafa se da cuenta de lo nervioso que está su amigo. El Gato se queda en el asiento del copiloto y se recarga.

—Yo te digo, a dónde vamos, ¿*Okey*?

—*Okey*.

—¿Qué esperas?, dale vuelta a la pinche llave.

—*Okey*.

Lalo gira la llave. El motor del Jeep arranca. Lalo pone primera, acelera, suelta el *clutch* y el Jeep da un salto al frente.

Al chico se le cae la gorra de la cabeza y el celular de las manos. Se pone a lloriquear, como si se hubiera salvado de morir y empieza a buscar como loco su teléfono en el piso del Jeep.

—Por Dios, Tercero, yo pensé que sabías manejar esta cosa —gruñe el Gato.

Lalo pone las direccionales y se incorpora al tránsito. Por fin, Kaká reencuentra la conexión con el mundo exterior, muestra los dientes y enajenado se fija por un momento en Rafa, como si éste fuera el responsable del mal arranque de Lalo.

Lalo intenta orientarse, pero en la siguiente esquina el Gato le ordena dar vuelta a la izquierda. Luego, de inmediato, a la derecha y en el siguiente cruce de nuevo a la izquierda.

Cruzan uno de los suburbios de El Paso en dirección al sur.

El Gato toma un porro de la guantera y lo prende. Inhala profundamente y se lo pasa sobre el hombro al muchacho, quien fuma una bocanada y luego otra, y le ofrece el porro a Rafa. Rafa menea la cabeza.

—No para mí —es lo único que dice.

El chico sonríe y le devuelve el porro al Gato. Éste lo sostiene frente a la cara de Lalo.

—Ten, a la mejor esto te ayuda a mantenerte tranquilo.

Le coloca el porro entre los labios a Lalo, pero no lo suelta.

Lalo le da una bocanada, inhala profundamente.

Las casas a la derecha y a la izquierda de la calle se tornan más pequeñas y pobres. El asfalto está lleno de baches y grietas.

Unos niños juegan frente a las casas. Algunos andan en pequeñas bicicletas oxidadas. Otros solamente están parados, aburridos. Una niña pequeña monta un caballo viejo que tiene la piel pegada a las costillas. Un hombre viejo lleva al caballo amarrado con una cuerda.

—*Fuck!* —blasfema el Gato, de repente—. ¡*Fucking* pendejos! —tira a la calle el porro a medio fumar.

—Vete más despacio, hombre.

Lalo quita un poco el pie del acelerador.

—¿Qué pasa? —pregunta Lalo.

—Mejor nos paramos en la gasolinera allí enfrente —responde el Gato.

—Allí no hay gasolinera —dice Lalo.

—Alguna vez hubo una gasolinera —responde el Gato—. Ahora sólo es una pinche ruina.

Lo que había sido una gasolinera estaba en un crucero.

Ahora solamente quedaba una casa, una pequeña casa pintada de blanco con un techo de dos aguas y tejas rojas.

Parecía que la casa estaba habitada. Junto, debajo de un techo, estaba un Ford Mustang abollado. Las ventanas habían sido cubiertas con telas, de modo que no se podía mirar al interior.

Lalo conduce el Jeep hasta el frente de la gasolinera. Un techo de lámina cubre el área de despacho con las dos viejas bombas CONOCO, ya sin mangueras. El contador en una de ellas está ajustado a treinta y cuatro punto noventa y nueve centavos por galón. En la otra bomba, el contador fue destruido por un tiro de escopeta.

—Párate allá, en la sombra de la bodega con lámina acanalada —le pide el Gato a Lalo.

Lalo estaciona el Jeep, de modo que pueden observar el crucero y la casa.

Pasan algunos minutos.

No sucede nada.

Kaká apaga el celular, se quita los audífonos y se los cuelga en el cuello. Luego mete la mano en la bolsa del respaldo y saca una pistola. Le quita el seguro y mientras se ríe la sostiene frente a las narices de Rafa.

—¡Guarda la pinche pistola, Kaká! —le ordena el Gato al muchacho. Éste obedece de inmediato, asegura la pistola y la vuelve a meter en la bolsa.

El Gato prende un cigarro.

—¿Qué hacemos aquí? —pregunta Rafa.

—¡Sin hacer preguntas, carajo! —ruge el Gato.

Pasan unos minutos más. Ninguno dice nada. Lalo sólo siente que su corazón empieza a palpitar más rápido. Se esfuerza por observar la casa, pero allí no se mueve nada.

—¿Qué pasa? —le pregunta al Gato, que se rasca la cicatriz debajo del ojo.

—No sé. Algo no cuadra.

—¿En dónde?, ¿allá del otro lado?

—No, pensé que había visto dos veces la misma *pick up* en el trayecto, pero a lo mejor sólo fue una coincidencia.

—¿Nissan?, ¿plateada?

El Gato gira la cabeza hacia Rafa.

—¿A poco tú también la viste?

—No.

—¿Entonces, cómo sabes que…?

El Gato guarda silencio cuando en la calle repleta de baches aparece una Nissan plateada y pasa lentamente frente a la gasolinera.

En la caja trasera van agachados dos hombres. No es posible ver quién está en la cabina del conductor. Los vidrios laterales son polarizados, casi negros.

—*Fucking bastards!* —maldice el Gato—. ¡No fue coincidencia! —saca su FN FIVE SEVEN de la cintura del pantalón y le quita el seguro. De repente, la *pick up* acelera en el cruce, toma la desviación hacia la derecha y de inmediato desaparece detrás de los muros de la vieja gasolinera.

—¡Hay que largarnos de aquí! —grita el Gato mientras sostiene la pistola en la mano derecha lista para disparar.

Lalo mete primera y acelera. El Jeep patina desde donde está parado hacia el frente, la parte trasera golpea contra un tambo de gasolina perforado y da medio giro sobre su propio eje.

—*Fuck!* —brama el Gato—. ¡Me vas a joder el Jeep!

Precisamente en el instante en que la Nissan dobla a toda velocidad la calle lateral, hacia el estacionamiento de la gasolinera; Lalo da un volantazo, el auto patina por la calle.

Con metralletas, los hombres de la Nissan empiezan a dispararle al Jeep.

Una bala le da al Gato en el pecho, en el costado derecho, lo perfora y se aloja en el respaldo del asiento del conductor.

Lalo intenta controlar el Jeep, pero la cabeza del Gato le golpea el hombro y se resbala por su brazo.

Con la mano izquierda maneja el Jeep, mientras intenta empujar al Gato con la mano derecha. Pero el cuerpo inerte del Gato es demasiado pesado, y el botón de la palanca de velocidades queda debajo de su hombro.

El vehículo choca de frente contra un poste metálico, se desliza hasta la calle y con el motor aullando atraviesa el cruce y se aleja de la *pick up*.

Una bala hiere a Lalo por el costado, lo que le deja una herida profunda en las costillas. El dolor lo hace gritar. El parabrisas del Jeep se hace añicos. Desde la ventana lateral, Kaká empieza a dispararle a la Nissan. Se ríe como si se estuviera acercando al máximo puntaje en un videojuego.

Mientras tanto, Rafa intenta quitar con las dos manos al Gato, que está encima de Lalo y finalmente lo consigue.

Empuja al Gato sobre el asiento de al lado y lo sostiene.

Con cada cambio de dirección, la cabeza del Gato se menea de un lado hacia el otro. Todavía lo alcanzan dos, tres balas más, pero ésas ya no las siente. Ahora, su cuerpo le sirve de escudo a Lalo y a Rafa.

Con uno de sus tiros, Kaká le dispara al parabrisas de la *pick up*, que da la vuelta para perseguir al Jeep.

Lalo pisa el acelerador hasta el fondo.

El Jeep vuela por la calle recta hacia el suroeste.

La Nissan empieza a quedarse atrás porque el hombre que maneja no puede ver nada con el parabrisas astillado. Su acompañante intenta quitar el cristal del marco con la cacha de su pistola.

Kaká le dispara la última bala de su cargador a la Nissan. Se mete la pistola vacía en la cintura.

—¿Dónde está la FN? —le grita a Rafa, quien está ocupado sosteniendo el cuerpo del Gato para que no le estorbe a Lalo al conducir.

Kaká se trepa por encima del respaldo y del Gato. En el piso encuentra la pesada FN, de la que el Gato no había logrado disparar ningún tiro, pues antes lo alcanzó una bala.

Mientras Rafa sostiene con una mano al Gato, saca su viejo celular de la angosta bolsa de los *jeans* para marcar el 911, pero cuando Kaká regresa al asiento de atrás con la pistola en mano, sin querer lo tira. El celular sale volando por la ventana lateral y se desliza sobre el asfalto hasta la cuneta.

Kaká dispara nuevamente, pero después de unos pocos segundos lo alcanza una bala y se desploma sobre el asiento posterior.

Cada vez, la Nissan queda más atrás en la recta. Al final de la recta, la ventaja del Jeep es casi de medio kilómetro.

Lalo quiere aprovechar esa ventaja para doblar hacia el poniente en la siguiente calle que atravesaran.

Un anuncio amarillo le advierte el siguiente cruce, pero Lalo lo ve demasiado tarde. Cuando frena con fuerza y gira el volante, el Jeep por poco pierde el equilibrio.

Sobre sus anchas llantas da unos brincos hasta la orilla de la calle, por poco se voltea antes de atravesar una zanja, y volver a enfilar sobre la calle.

Las llantas patinan y levantan polvo. La calle continúa a través de un tramo oculto del desierto.

Aquí ya no hay casas. El terreno está repleto de basura.

El viento levanta bolsas de plástico. Varios coches convertidos en chatarra semienterrada parecen animales prehistóricos. Por todos lados hay montones de cascajo. Una choza de madera a medio caer sobresale de una zanja. En medio de la calle están esparcidos los restos de un caballo, del cual ya se han saciado los zopilotes.

Con una maniobra violenta, Lalo logra esquivar el cadáver.

Por un momento, una nube de moscas le bloquea la vista. Con la llanta delantera del lado derecho se mete en un hoyo profundo.

Maldiciendo, Lalo intenta sacar el Jeep del hoyo, pero la llanta de repente se bloquea. Fuera de control, el auto acelera, atraviesa una zanja y va a dar hacia los restos de una Bulldozer de color amarillo, trabada en un montón de piedras.

Lalo trata de controlar nuevamente el Jeep, pero gira el volante en vano. Inmediatamente después, el vehículo pesado golpea con el lado derecho a la Bulldozzer, rebota y se clava en una hondonada.

El metal se dobla. Se astilla el vidrio. El cofre del motor se abre. Un chorro de vapor de agua atraviesa una nube de polvo y se eleva al cielo.

Como tocado por una mano fantasmal, empieza a sonar el radio. Tish Hinojosa le canta al Río Grande, que fluye a través de su vida.

Lalo todavía tiene agarrado el volante con las dos manos.

Rafa suelta al Gato, salta del Jeep y trata de abrir la puerta lateral para jalar al Gato del asiento. La puerta está trabada y Rafa, después de algunos segundos, se da cuenta de que esa chatarra abollada no podrá avanzar ni un metro más.

Rafa voltea a ver al muchacho.

Kaká está acostado atrás, enrollado sobre el asiento. De su boca sale sangre. Tiene los ojos totalmente abiertos, y cuando Rafa se inclina sobre él, sale un leve gruñido de su boca.

—¡Dios! —resopla Rafa—. ¡También a Kaká le tocó, Lalo!

Para salir del Jeep, Lalo trepa por encima de la puerta atorada. Sus piernas ceden. Tiene que sostenerse del Jeep para no caer.

A lo lejos escucha el rugido del motor del Nissan. Al parecer, la *pick up* se mueve a paso muy lento a través del desierto, se les acerca como un monstruo hambriento, que ha retomado el rastro.

Lalo le da la vuelta corriendo al Jeep. Apenas ahora nota a Kaká, que está encima del asiento trasero, medio sentado, medio acostado.

—¿Qué hay con él? —bufa.

—Se muere.

—Entonces déjalo. ¡Tenemos que salir de aquí!

Lalo toma a Rafa del brazo y lo quiere sacar del Jeep pero Rafa se suelta con un tirón.

—¡No podemos dejarlo aquí nomás!

—Entonces, ¿qué? De cualquier manera se va a morir.

Rafa se inclina otra vez sobre el muchacho, pero cuando lo quiere tomar de los hombros, se le cierran los párpados.

—Está muerto, Rafa, ¿no ves? —le dice Lalo a su amigo—. ¡Vamos, que no tardan en llegar!

Lalo agarra a Rafa del brazo y lo jala a lo largo de una hondonada; salen de la nube de polvo que extiende alrededor de la chatarra como una neblina sucia.

Mientras corre, Lalo saca su FN FIVE SEVEN de la cintura. Tropieza y por poco se cae. En el último momento, Rafa logra sostenerlo.

—¡Vamos! —resopla Lalo, y con los dientes apretados intenta mantener el equilibrio.

Están en una zona intransitable, a algunos kilómetros del borde de la ciudad de El Paso.

El miedo que les tienen a los hombres que los persiguen les cala los huesos, les ofusca los sentidos. Corren dentro de una zanja hacia el poniente y no se dan cuenta de que la calle sigue directo en la misma dirección.

En el fondo de la zanja hay surcos llenos de cascajo y pequeñas islas donde el pasto crece hasta la altura de un hombre. En algunas partes se ha caído el bordo, debilitado por arroyos de agua. De la tierra sobresalen gruesas raíces de mezquites y de otros arbustos.

Lalo se cae varias veces, pero de inmediato se levanta de nuevo y corre jadeando detrás de Rafa.

El ruido del motor de la Nissan cada vez es más fuerte.

La *pick up* avanza penosamente sobre la calle accidentada, pasando sobre una serie de angostas lomas y profundas zanjas, en las cuales sólo corre agua, cuando llueve. Y hace dos días, llovió. Por El Paso había pasado una tormenta corta, pero intensa.

En la zanja, en la que Rafa y Lalo intentan escapar de sus perseguidores, hay varios charcos con lodo.

También hay agua estancada en algunas partes de los surcos dejados por las llantas.

Por eso, la Nissan avanza lentamente, pero aún así es más rápida que Rafa y Lalo.

Allí, en donde se cruzan la zanja y la calle, ven surgir a la Nissan por encima de una loma pedregosa. Sólo durante unos segundos ven el auto, con la cara del conductor en el marco del parabrisas, del cual todavía siguen colgadas algunas piezas. Luego desaparece de nuevo en una de las hondonadas.

Rafa y Lalo trepan por la cuesta y siguen corriendo sobre la calle.

Los impulsa el temor a perder la vida.

Saben que si los alcanzan sus perseguidores no tienen ningún chance. Corren por sus vidas, pero el desierto no es un sitio donde la gente a pie puede escapar con facilidad.

El desierto es algo así como el infierno sobre la Tierra. Quien quiera salir con vida, tiene que tener a Dios como amigo.

Rafa reza mientras huye. Reza por él y por su amigo. Cuando los dos ya casi no tienen fuerzas, llegan a la ruina de una casa, en donde el abollado techo de color verde de coche chatarra sobresale de la arena.

Lalo está al borde de sus fuerzas. Dando tumbos por los surcos y las cunetas, se deja caer detrás del techo de ese coche abandonado. Con los dedos temblorosos quita el seguro de la pistola.

Rafa busca protegerse detrás de una pequeña loma.

Allí por donde va la Nissan, se levanta polvo y se forma un torbellino.

Un pequeño diablo de polvo danza a través del infierno.

Igual que aquella vez en Hickman, poco antes de que fallecieran los padres de Rafa.

Aquella vez Rafa no lo vio.

Ahora lo sigue con la vista, hasta que desaparece.

En Casa Loretta viven veintiocho niños y la Señora, como le dicen a Loretta; ella provoca que cada uno de ellos se sienta verdaderamente en casa; lo mismo los más grandes que los pequeños, los gordos o los delgados, los de piel oscura o clara, los inteligentes y los tontos, las niñas y los niños.

La señora Loretta es la directora, pero también está el viejo Francisco, que vive en una pequeña casa anexa. Su responsabilidad es enseñarles a los niños cómo se manejan las herramientas, cómo clavar un clavo sin que se doble o cómo cortar una tabla. Además, en el jardín, aprenden a recortar los arbustos, ordeñar las seis cabras y cubrir los techos planos con una pintura blanca a base de hule con el que los rayos del sol sólo se reflejan, y las pequeñas habitaciones son menos calientes.

Loretta recibe el apoyo moral de parte del padre Domingo, que casi a diario agarra camino con sus sandalias para cruzar el corto trayecto de su pequeña iglesia hasta Casa Loretta. Ahí les enseñan la Biblia a los niños, les cuentan la historia de aquella época, cuando Jesús de Nazaret caminaba con sus discípulos por países lejanos, para llevarle a la gente la fe en Dios y también una porción de tranquilidad del alma.

Rafa y Lalo aman esas historias, algunas de las cuales suenan tan aventureras, que a veces ellos querrían haber vivido en aquellos tiempos.

Pero ellos viven en este tiempo. Junto con otros niños. Las camas en Casa Loretta sólo alcanzan para veintiocho. También, los aportes por parte de la Iglesia son reducidos.

Para expresarle su agradecimiento al Padre y en especial a Dios, los niños tienen que asistir todos los domingos a la misa en la pequeña Iglesia de Cristo en la Douglas Street. Durante las noches, antes de acostarse, rezan. Y antes de comer rezan y, a veces, cuando Rafa se despierta a media noche reza para que Lalo y él siempre estén juntos.

Otro asunto sobre el que Rafa a veces se rompe la cabeza es el hecho de que Lalo no tiene ningún amigo, sólo él.

Él no había notado el motivo, cuando aún estaba demasiado pequeño como para pensar en esas cosas. De vez en cuando, se percataba de que él jugaba con otros y Lalo siempre peleaba por algún motivo o simplemente se mantenía alejado y los observaba con una mirada sombría. Después, reparó en que era el propio Lalo quien se separaba de los otros; sin embargo, cuando intentaba forzar una amistad y no resultaba, les echaba a perder el juego a todos.

Desde luego, Loretta también se había dado cuenta.

Ella se esforzaba mucho por Lalo para que pudiera encontrar su calma interior. Ella lo expresaba así: La tranquilidad interna es de mayor importancia para el desarrollo de un niño.

En su opinión, a Lalo le costaba mucho trabajo reforzar su autoestima. Con frecuencia llamaba a Lalo a su oficina y hacía que hablara sobre sí mismo, lo que pensaba o lo que lo impulsaba, a veces le preguntaba si se podía imaginar a su madre, una vez Lalo le dijo que de noche cuando estaba acostado aún despierto podía verla, su cara estaba junto a la de ella, y sus ojos estaban cerrados, como si estuviera durmiendo, pero él sabía que estaba muerta.

—Pero tu madre no está muerta, Lalo. Ella se fue al sexto día después de tu nacimiento, eso es absolutamente seguro. Nadie sabe a dónde fue, ni en dónde está ahora, pero se fue y te dejó a cargo del sanatorio, quizá porque pensaba que estarías más seguro que con ella.

—Ella está muerta —insistía Lalo—. Yo sé que está muerta. Estaba acostada junto a mí, y se murió.

Nadie se podía explicar cómo estaba tan seguro. Ni siquiera Loretta que había terminado la licenciatura en psicología.

Ninguna persona puede recordar lo que vio durante los primeros días de su vida, pero Rafa sí lo sabía. Y, sin embargo, cuando Lalo le contaba cómo había estado acostado, quieto, junto a su madre muerta y lo había mirado a la cara, la historia sonaba tan real que a él se le ponía la piel de gallina.

—¿Cómo puedes estar tan seguro de lo que viste, si apenas tenías unos días de nacido, Lalo?

—¿A poco no me crees?

—Sí, pero aun cuando yo me esfuerce mucho, no puedo recordar nada. Ni siquiera del accidente y del fuego en el que murieron mi padre y mi madre.

—No lo entiendo. Eso sucedió, Rafa. Eso sucedió y tú viste todo.

—Pero no me acuerdo de nada.

Se miran a los ojos y les quedaba claro que son distintos, tan distintos como lo pueden ser dos seres humanos.

Así crecieron juntos, en el orfanato y en las calles calientes de El Paso.

Fueron juntos a la escuela. Ambos jugaron basquetbol, Lalo mejor que Rafa, a pesar de que entrenaba menos.

A Lalo no le interesan las muchachas. O más bien es al revés. Las muchachas no se interesan por Lalo. No es un tipo para muchachas. Las esquiva. Casi no les pone atención y, cuando lo hace, es de una manera tan despectiva, como si quisiera construir un muro invisible.

Cuando vagaba por las calles de El Paso, Lalo se sentía a gusto: en los barrios pobres al poniente y sur de la ciudad, en la parte desértica entre la autopista y el Río Grande, en donde están unas chozas medio caídas, en medio de coches chocados, chatarra y basura.

Pero Lalo no sólo se pasea por aquí, con frecuencia también atraviesa Río Grande y se va a Ciudad Juárez, la ciudad hermana de El Paso.

Para Lalo, lo mismo que para Rafa, es legal cruzar a pie el puente hacia México. La mayoría de las veces ni siquiera tienen que mostrarles a los agentes sus tarjetas de identidad, pues la mayoría de los funcionarios los conocen; saben que son los inseparables, Rafa y Lalo del orfanato Casa Loretta.

El día que detienen a Lalo por primera vez, se remonta a algunos años atrás. En esas fechas, Rafa y Lalo tenían doce años, y Rafa recordaba muy bien todo lo que había sucedido aquella tarde y noche.

Un viernes en la noche, Lalo no llegó a cenar.

Al principio nadie se preocupó por él. Tampoco Rafa. Pero a las nueve, cuando todos los niños tenían que estar en sus habitaciones, seguía faltando Lalo. Y a las diez, cuando regularmente apagaban la luz, tampoco había regresado.

Rafa no podía dormir. Hacía demasiado calor en la habitación. Y la ciudad estaba especialmente ruidosa por ser viernes en la noche.

El tránsito hacía mucho ruido. El rumor de los aviones, que aterrizaban o despegaban, se escuchaba muy bien, a pesar de que el aeropuerto de El Paso quedaba a casi veinte kilómetros del orfanato. Rafa escuchaba una y otra vez el sonido de las sirenas de las patrullas, y cada vez habría querido levantarse e ir a la ciudad para buscar a su amigo.

No lo hizo.

Esa noche, habían detenido a Lalo en un retén de tránsito con un coche robado. Iba drogado. Los policías le hicieron un análisis de orina: Positivo. Mariguana, y cuando menos una cerveza.

De no haber sido por Loretta y el detective Burton Mills, lo hubieran llevado ante un juzgado juvenil y lo hubieran encerrado.

Le prometió a Loretta ser un buen muchacho. Todos en el orfanato sabían que no lo era, incluso Rafa.

Pero Rafa no lo quería aceptar, tampoco Loretta.

Ella amaba a Lalo como a un hijo. Ella lo amaba más que a cualquier otro niño en el albergue. Hasta más que a Rafa.

Loretta se hizo cargo de Lalo durante una semana. Día tras día examinaba su lesión, curaba su herida para que no se infectara; le llevaba la comida a la cama y lo ayudaba cuando tenía que ir al baño.

Nunca intentó obligarlo a que contara algo del suceso en el cual había sido herido.

A pesar de eso, Lalo sabía que ella estaba preocupada por él, y por lo tanto algún día lo iba a cuestionar.

Una tarde escuchó sus pasos en el pasillo. Él sabía que era ella. Loretta era una mujer pequeña, delgada, ligerita. A pesar de que tenía más de cuarenta años, había conservado su figura juvenil.

Lalo ocultó la FN FIVE SEVEN debajo del cojín, se acostó a lo largo, se volteó hacia un lado y cerró los ojos.

Los pasos se detuvieron frente a la puerta de la habitación. Pasó casi medio minuto antes de que Loretta tocara.

Lalo no se movió pues se dio cuenta de cómo la pistola le oprimía la cara a través del cojín y recordó por un momento lo difícil que había sido ocultarle la pistola aquella noche, cuando Loretta los había traído a casa, a él y a Rafa.

Rafa lo había ayudado, tomando la pistola y escondiéndola debajo de su cama.

Desde entonces habían pasado siete días. La herida en su costado ya no dolía tanto como durante la primera noche, cuando los dolores no lo habían dejado dormir ni un segundo. Ahora sólo sentía molestias al agacharse.

Loretta vuelve a tocar. Lalo no se mueve. Ahora ella abre la puerta y entra a la habitación con dos camas, el ropero y la mesa con las dos sillas.

Es una habitación amueblada con sencillez: un viejo estante para libros, en el cual Rafa y Lalo guardan sus efectos personales, algunos peluches, una Harley Davidson de plástico, algunos DVD y una pequeña colección de CD. En las paredes están algunos *posters* de sus bandas preferidas, de raperos y rock. Loretta se sienta en una de las sillas.

Observa los cuadros en las paredes, los peluches en el armario, la Biblia que está sobre la mesa; todos son objetos que Rafa y Lalo han compartido desde que llegaron al orfanato.

Dos bebés, ambos golpeados duramente por el destino, sus edades con apenas unos meses de diferencia y, sin embargo, tan distintos como el día y la noche.

Rafa, el bueno, y Lalo, el malo.

Caín y Abel.

No, piensa Loretta una y otra vez, no puede ser tan simple.

Aun ahora está optimista, todo volverá hacia el bien, si logra llevar a Lalo por el camino correcto.

Se levanta, ajusta las hojas de la persiana para que los rayos del sol entren a la habitación.

Es en la tarde. En la casa hay un silencio casi fantasmal. En el muro del frente, Francisco está luchando con un árbol de moras, quiere recortarlo con una sierra.

La mayoría de los niños está en la escuela, los pequeños en el *kindergarten*. Hace mucho calor afuera. Dentro de la casa está fresco. Las paredes gruesas de la parte vieja de la casa, hechas de adobe, aíslan bien las pequeñas habitaciones. Además, está prendido el aire acondicionado.

Loretta se queda viendo cómo trabaja Francisco. No nota cómo la observa Lalo con un ojo entreabierto, pues le da la espalda.

Después de algunos minutos camina hacia su cama.

—Lalo, yo sé que estás despierto. Si no te molesta, quiero hablar contigo ahora.

Lalo se gira sobre la espalda y se levanta sobre los codos. Mira deslumbrado las hileras de luz que inundan la habitación hasta su cama.

—Han pasado siete días desde que alguien te disparó, Lalo. Es tiempo de que hablemos.

—Apenas acabo de despertar —dice Lalo y se estira bostezando.

Loretta jala una de las sillas hacia la cama y se sienta. Lo mira a los ojos. Esos ojos oscuros, inocentes, en los que en este momento no hay sombra que pudiera opacar la imagen de que Lalo es un ángel. *Un ángel que llegó al mundo en un remolino*, piensa Loretta.

—Usted me ha ayudado mucho, Loretta —empieza Lalo despacio, y quiere tomar la mano de Loretta para oprimirla, pero ella la retira en el momento en que sus dedos la tocan.

Él lo nota, pero hace como si el breve roce hubiera sido mera coincidencia.

—También a Rafa le debo mucho —continua—. Y yo lo metí en un gran peligro, Loretta. Yo tengo la culpa en esta…

—¡Lalo! —lo interrumpe ella—. Ahora no se trata de lo que sucedió. Yo quiero…

—Ya sé, se trata de mi futuro, Loretta.

—¡Lalo, sólo quiero que me escuches! No quiero que me interrumpas a cada rato. Es muy importante que me escuches muy bien, porque en serio se trata de tu futuro.

Loretta lo dice tranquila, pero con suficiente énfasis para darle a entender a Lalo la importancia de esta plática. Él se sienta y apoya su cabeza en la pared.

—¿Puedo decir algo antes de que usted empiece?

—Si crees que es importante para que yo te entienda mejor, adelante.

—Sí, sólo quería decir que lo siento mucho, y que he decidido andar por otro camino a partir de ahora.

Ella lo mira. Sólo lo mira, cansado, un poco triste y también dudando.

—En serio, Loretta, juro que sí puedo. Conozco la diferencia entre el bien y el mal. Sé que hay un límite entre el bien y el mal. Sé que he traspasado ese límite, pero encontraré el camino de regreso, créamelo.

Loretta asiente.

—Como siempre, suenas muy convincente. Pero ¿cuántas veces ya te he creído? ¿Cuántas veces sólo quedó en tu buen propósito? Esta vez no fui a la policía, pero me preocupa que haya cometido un gran error, de acuerdo con lo que sucedió allá afuera en el desierto.

—Resulta…

—Resulta que murieron seres humanos —lo interrumpe—. Un muchacho de tu edad, del cual ni siquiera se sabe su nombre. Y un muchacho de trece años, que desde algunos meses había sido reportado como desaparecido en Laredo. Tú…

—Yo no los maté, señora Loretta. Lo juro, yo tuve…

—Si, pero tú estabas con ellos en el coche.

Lalo se ríe.

—¿Rafa le contó lo que sucedió?

—No, Rafa desde hace años está intentando ser un buen amigo tuyo. Él sufre por eso, tú te deberías dar cuenta. Pero tú no lo ves. No te preocupas por las necesidades de tu amigo. Tú no sabes lo que significa no lastimar a tu amigo. Te lo tengo que decir honestamente, Lalo, yo tengo miedo por ti y eso no sólo desde que fui por ti allá afuera. ¡Dime lo que he hecho mal! Tú estás con nosotros desde que eras un bebé. ¿Qué tanto hice mal en todo este tiempo?

Lalo se ríe.

—Nada, Loretta. No, no, usted no debe echarse ninguna culpa. A Rafa y a mí nos trató exactamente igual, y sé que a los dos nos quiere como si fuéramos sus propios hijos.

—Entonces, ¿qué es, Lalo?

—No lo sé. No sé, por qué soy como soy. Yo no llegué al mundo y pensé *wow*, yo voy a ser un hombre malo y voy a hacer cosas por las que todos los que me quieren se van a preocupar mucho. Rafa es como mi hermano, yo no lo quiero herir nunca.

—Y, sin embargo, lo haces y siempre lo vuelves a hacer. ¿Por qué? Escucha en tu interior y dime por qué.

—Ya lo he hecho muchas veces. Yo creo que aquí está un corazón oscuro —Lalo se puso el puño sobre el pecho—. Llegué al mundo con este corazón, me lo dieron mi madre y mi padre. Todo lo que soy, viene de alguien, de mis padres y de los padres de mis padres. A mí no me creó Dios, porque sino hubiera hecho algo para que no fuera tan oscuro.

—Lalo, en un principio, todos somos inocentes. Por eso, estoy segura de que todos fuimos creados por Dios. A través de nuestros padres. En el camino a través de la vida demostraremos, si somos capaces de apreciar y respetar a otros hombres. Y amarlos.

—Yo amo a Rafa como a un hermano. Usted lo sabe. Yo lo amo como a nadie más en este mundo.

Loretta se queda callada. Solamente mira a Lalo. Y su mirada lo toca, pero no mueve su corazón.

Él podría haber llorado, si se hubiera dejado llevar. Pero hubiera sido exagerado. ¿Cuántas veces le había ablandado el corazón con lágrimas? Cien veces. Siempre, cuando ya no tenía otro camino para evitar un castigo.

—Me entristece mucho cuando veo que se preocupa tanto por mí. Le prometo que de ahora en adelante cada día me esforzaré para hacer algo bueno. Ésa es mi promesa, que le doy a usted y a Rafa.

—¿Y cómo quieres cumplir con tu promesa? Hasta ahora no has cumplido con ninguna de tus promesas. Dime, por qué eso habría de cambiar.

—Porque me he dado cuenta de que he escogido el camino falso.

—Entonces dime, con quién te has metido.

—¿Por qué? —de inmediato la desconfianza se avivó en Lalo.

—Porque lo más seguro es que pronto será demasiado tarde para regresar.

—¿Qué quiere decir con eso?

—La gente que te tiene en la mira no va a detenerse.

—Me van a dejar en paz, si estoy en el camino correcto.

—¿Hacia dónde te hubiera llevado el camino falso, Lalo? Los periódicos dicen que hubo una persecución en el desierto. Unos matones de un cártel de droga persiguieron a los matones de otro cártel. Dime lo que sucedió. Dime, quiénes son tus amigos. Dime lo que has hecho. Sólo así te puedo ayudar.

Lalo baja la cabeza.

—Es tu última oportunidad.

—¿Me va a correr si no se lo digo?

—No sé lo que haría. No vas a poder quedarte aquí. Mi tarea es proteger a los niños de mi casa.

—Está bien, se lo voy a decir.

Loretta se queda callada. Ella sabe exactamente lo que viene ahora.

Lalo alza la cabeza.

—De verdad, se lo voy a decir. Pero no hoy. Necesito tiempo para pensarlo todo, para que yo no vuelva a cometer un error.

—¿Cuándo me lo vas a decir?, ¿mañana, pasado mañana, en una semana?

—En una semana. Deme una semana.

—No es posible.

—Entonces dos días.

—¡No! —Loretta es tan enfática que no deja dudas. Y a pesar de eso, ella cede—. Sólo tienes esta noche. Hasta mañana.

—¿Mañana? Tengo que pensar mucho. Y primero quiero hablar con Rafa sobre todo esto. Mañana se lo digo. Sólo quiero saber lo que va a hacer. ¿Va a hablarle a la policía?

—Sí, yo creo que lo voy a hacer. Alguien te tiene que proteger. Esta gente, con la que te has metido, no te va a dejar ir tan fácil. La mafia no suelta a ninguno que haya estado con ellos. ¿Quieres que algún día encuentren tu cadáver en el desierto?, ¿o que te balaceen en plena calle? Lalo, de veras, es tu última oportunidad.

—¿Ir con la policía y contarle todo?

—Sí, esta vez no tienes otra posibilidad.

Lalo respira profundamente. Las ideas le revolotean en la cabeza, sin que pueda hacer algo con alguna de ellas.

Su corazón empieza a latir más rápido. La sangre bombea por sus arterias. La sensación de haber sido acorralado lo está llevando al pánico.

En este momento querría fumarse un porro, o inhalar un poco de *meth*.

—Nos tienes que tener confianza. Nosotros no queremos que tú…

—¿Quiénes son "nosotros"? —la interrumpe Lalo con voz temblorosa.

—Somos yo y el detective Mills de…

Lalo se da la vuelta con un jalón, se avienta sobre la cama y encaja su cara en el cojín.

—¡Lalo!, ¡date una oportunidad! Platícalo con Rafa. Y mañana vienes a mi oficina.

Lalo empieza a sollozar. Hasta ahora, eso siempre había funcionado. Loretta siempre se había ablandado. Esta vez pasa lo mismo, se inclina hacia él y le pasa la mano sobre la cabeza.

—Mañana a las diez —dice. Luego se levanta y sale de la habitación. Detrás de sí, cierra silenciosamente la puerta.

Lalo se incorpora de inmediato. Con los ojos llorosos mira hacia la puerta cerrada. Espera que Loretta vuelva a entrar, pero la puerta sigue cerrada. Él escucha sus pasos sobre el pasillo, los escucha alejándose hasta que finalmente callan.

Afuera, por el camino de grava hacia la bodega, Francisco va cargando la rama recién cortada de la morera.

Lalo mete la mano debajo del cojín y saca su pistola. Se coloca el cañón en la sien y le quita el seguro.

—¿En dónde estás, madre, cuando te necesito? —dice en voz baja.

Cuando Rafa regresa de la escuela, encuentra a Lalo en la bodega, le está ayudando a Francisco a cortar la rama en trozos pequeños.

—¿Ya no te duele? —le grita Rafa.

Lalo levanta la vista, sonríe ampliamente pero no dice nada.

Loretta está parada en la ventana de su oficina. Acaba de hablar otra vez con el detective Burton Mills de la policía municipal de El Paso. Estará allí la mañana siguiente a las diez.

Loretta está dudando, piensa que quizá le dio demasiado tiempo a Lalo.

Sale de su oficina e intercepta a Rafa en el pasillo.

—¿Puedes venir a mi oficina, por favor?

Rafa la sigue. Dentro de su oficina, le pide que durante esa noche cuide especialmente bien a Lalo.

Él la mira sin entender.

—¿Por qué debo cuidarlo?, ¿qué pasa?

Ella le informa de la conversación que acaba de sostener con Lalo, y le dice que Lalo tiene hasta el día siguiente a las diez para pensar en todo.

—Yo pienso que debes ayudarle a tomar la decisión correcta. Tiene que tener confianza en nosotros. Nadie lo puede proteger de aquellos a los que posiblemente ya se ha entregado.

Rafa respira profundamente. Por un momento está demasiado turbado para pensar con claridad. Le parece como si una sombra hubiera descendido sobre la Casa Loretta.

—Tenemos que ayudarle, no hay de otra.

Rafa asiente. No encuentra palabras para decir algo. Se da la vuelta y abandona la oficina. Va a la habitación y mira a su alrededor. Aunque todo está como siempre, le parece que ya nada está igual a como había estado alguna vez. No se puede explicar esa sensación, pero lo hace sentirse cansado.

Se recuesta sobre la cama y cierra los ojos. Lalo está acostado en la otra cama. Respira tranquilo y con regularidad, como si ya estuviera durmiendo a pesar de que aún es de día.

El aire en la habitación huele ligeramente a mariguana quemada.

Rafa imagina escenas horribles.

Si su cabeza fuera un televisor, lo habría apagado inmediatamente.

A la media noche, Rafa despierta repentinamente de un sueño profundo y se incorpora de inmediato.

Había escuchado un ruido, algo como un ligero redoble de tambor que había penetrado profundamente en su inconsciente, aunque no sabía qué lo había causado.

A esa hora, entre la una y las dos de la madrugada, el silencio creaba un suspenso, allí, a unos kilómetros de distancia del centro de la ciudad.

Nada se movía.

Nada se escuchaba.

A veces, en esos barrios alejados de El Paso, se perdían algunos coyotes. Solitarios, o en parejas, vagaban por las amplias calles. Alrededor de las tiendas de comestibles, donde estaban los botes de basura, buscaban alimentos, de vez en cuando también cazaban un gato o un perro pequeño.

Pero esa noche reinaba un silencio fantasmagórico.

Habían apagado el aire acondicionado.

El ventilador en el techo giraba en silencio.

Lalo está acostado en su cama, debajo de una cobija delgada, que como siempre había subido hasta por encima de su cabeza. Dormía.

Rafa se estira hacia él y lo toca.

—Lalo, algo no me cuadra —le susurra—. Me despertó un ruido extraño, ¿no lo oíste?

Lalo no se mueve. No da ninguna señal.

Rafa está a punto de volverse a acostar, cuando en la ventana aparece una sombra oscura. La persiana se levanta ligeramente y una figura penetra en la habitación.

Inmediatamente, Rafa quiere gritar, pedir auxilio, pero antes de que pueda emitir un sonido, la figura ya está junto a su cama.

—¡Rafa, si gritas te mato!

Rafa reconoce la voz de Lalo, a pesar de que murmura las palabras en vez de hablarlas.

—¡Escucha! Yo me pelo de aquí. ¡Loretta me quiere entregar a la policía! Eso no puede pasar, ¿me entiendes? ¡La gente que me dio el dinero mataría!

Rafa se tira hacia atrás sobre el cojín.

—¡Estás loco, Lalo! No puedes irte así nomás. Loretta va a avisar a la policía y de inmediato van a empezar a buscarte por todas partes.

—Esta noche no. Hasta la madrugada no pasa nada, si tú no pierdes los nervios y suenas la alarma.

Rafa se incorpora de nuevo. Clava su mirada en los hoyos oscuros, que son los ojos de Lalo.

—Si ahora te pelas, se acabó todo. Todo, ¿me escuchas? Nuestra amistad. ¡Todo!

—Lo he pensado, Rafa. Yo sé que ya no hay regreso. Y tú también lo sabes. De por sí, algún día nos hubiéramos separado. Dos como nosotros no se quedan juntos para siempre.

—Pero eso es lo que nos juramos.

—Sí, pero al mismo tiempo sabíamos que nunca podríamos mantener ese juramento. De por sí, en dos años te vas de aquí. Lo más seguro es que a la *uni* en algún lado. Dos años, Rafa, parece ser mucho tiempo, pero si piensas lo que dura una vida sabes que dos años son sólo un tris.

Rafa se pasa los dedos entre el cabello despeinado.

—La vida del Gato no fue una vida larga. Y la vida de Kaká todavía fue más corta. Así es que no pretendas convencerme de que dos años son un tris.

—El Gato y Kaká tuvieron mala suerte, Rafa.

—¿Cuánto quieres que dure tu vida?, ¿hasta el primer disparo?

Lalo alza los hombros.

—Da lo mismo. Cien años, dos años. No importa cuánto tiempo vivas, sino cómo vives. Y si mueres con una sonrisa en los labios.

—Dos años son dos años. Dos años que podríamos pasar juntos.

Lalo se ríe en voz baja.

—Eso desgraciadamente ya no se puede, Rafa. He decidido que tengo que hacer lo necesario para convertirme en un sicario.

—¿Por fin lo aceptas, Lalo? Ya que te vas.

—Para que veas, que todo lo que dices ya no sirve de nada. El Gato fue un sicario y el otro también. Kaká ya había matado. Y podía haber sido futbolista. A la mejor como su gran ídolo. Pero él decidió ser un sicario. Dime, por qué lo hizo. Dime, ¡por qué un chamaco como él decide que quiere ser un sicario!

—¿Qué sé yo de él? Nada. Absolutamente nada. Sólo sé que está muerto.

—Entonces yo te lo digo. Está dentro de nosotros, ¿entiendes? ¡Está dentro! Uno se vuelve un futbolista y el otro se vuelve un sicario. Así nomás. Aunque tú quieras, no puedes hacer nada. Absolutamente nada. Puedes rezar todo lo que quieras, pero no sirve. Ya traté de explicárselo a Loretta, pero creo que no entendió nada. Ella cree que en cada uno de nosotros hay algo bueno, muy en el fondo. Pero yo te lo juro, Rafa, en mí no hay nada bueno. Nada. Nada.

—A la mejor sólo no lo has encontrado porque no has buscado bien. A la mejor no es más grande que un frijol.

—¿Un frijol? —Lalo ríe—. No, ni siquiera puede ser eso. He buscado en todas partes. Me he volteado de cabeza y me he sacudido. Si hubiera salido un frijol, seguro que lo hubiera notado.

—Ningún hombre es malo, malo.

—Sí, así habla el Padre en la iglesia. Y así habla Loretta. Y ahora también tú. Yo ya no aguanto nada de esto. Perdón. ¡Yo sé que conmigo nada es como con los demás!

Lalo se ríe quedito.

—Afuera me esperan mis amigos. Me tengo que apurar, para que no piensen que he cambiado de opinión.

Lalo se levanta y se inclina sobre su propia cama. Quita la cobija. Debajo está una pequeña mochila y una chamarra.

—Tú estabas profundamente dormido mientras empaqué —musita Lalo, mientras toma la mochila y la chamarra de la cama—. Sólo me llevo unas pocas cosas, que me pertenecen. Todo lo demás lo dejo aquí. Tú ya lo sabes, pronto voy a ser suficientemente rico para poder comprarme todo.

—¡Por favor, no te vayas! Yo puedo...

—¡Párale, Rafa! —lo interrumpe Lalo—. Tú eres mi amigo. Eso no termina así simplemente, aunque ahora nos separemos. Nos volveremos a ver, te lo prometo. Algún día nos volveremos a ver.

—Lalo, si te vas destruyes nuestro mundo. Nuestra amistad. Nuestra vida. Todo.

—Ah qué la... —Lalo va a la ventana y saca el nuevo celular de la bolsa del pantalón. Lo enciende y echa una mirada a la pantalla.

—A la mejor te llamo en los próximos días.

Vuelve a meter el celular dentro de la bolsa del pantalón.

—Me están esperando afuera. Ya me tengo que ir.

—Lalo, tú mismo te estás arruinando.

—Acuéstate y duerme. Mañana, cuando despiertes, yo estaré a salvo. Sin policías a los que tenga que dar información. Sin Loretta que me quiere despertar la conciencia. Sin...

—Ella te quiere proteger —lo interrumpe Rafa—. ¿Qué no lo entiendes? Ella quiere que tengas una oportunidad...

—¡A eso yo no le llamo tener una oportunidad! A eso le llamo darse por vencido. Y yo no puedo darme por vencido así nada más. Eso a la mejor también lo entiende Loretta. Dile que lo siento mucho y que ya no tiene que preocuparse por mí. Dile que le doy las gracias por todo lo que ha hecho por nosotros. Dile que la amo. Eso le hará bien.

—¡Le rompes el corazón, Lalo!

—Oh qué. Ella todavía te tiene a ti. Y a los demás niños. El único que siempre le causó preocupaciones fui yo.

Lalo ahora está parado en la ventana, con una mano levanta la persiana.

—Nos volveremos a ver, te lo aseguro. Nosotros no sólo somos amigos, hombre, somos hermanos.

Rafa clava sus grandes y desesperados ojos en su amigo.

—Me rompes el corazón, Lalo —clama con dificultad—. ¿Qué no lo ves? Estoy muy triste.

—Te curarás pronto. Acaba de lloriquear y mejor háblale a la muchacha, a Latisha. Creo que le gustas.

Con esas palabras, Lalo se agacha y se escurre debajo de la persiana hacia afuera.

Sólo es metro y medio desde el pretil de la ventana hasta el camino de grava. Cuando llega con los pies al suelo, Rafa sabe de dónde surgió el ruido que lo despertó. Habían sido pasos rápidos sobre el camino de grava.

Rafa se queda mirando la ventana, por la que pasa la luz de un lejano farol de la calle.

Lalo sólo camina unos pasos sobre la grava, luego corre a través del jardín hacia el portón.

Rafa escucha cómo arranca el motor de un automóvil. Se cierra la puerta. Luego el coche se aleja lentamente y ronroneando quedo.

Rafa está sentado en su cama y empieza a balancearse hacia adelante y hacia atrás. Repite una y otra vez. Al mismo tiempo se oprime el estómago con los dos puños. Por las mejillas le corren lágrimas. Baja la cabeza hasta que su mentón le toca el pecho y continúa balanceándose en un ritmo constante hacia adelante y hacia atrás, adelante y hacia atrás.

En algún lado empieza a ladrar un perro.

A Rafa le duele el corazón como nunca antes en su vida.

Esa noche no durmió ni un segundo.

Y la noche duró una eternidad.

Rafa camina por las calles de la ciudad. Salió por la mañana de Casa Loretta, para ir a la escuela. Allí donde aquel fatídico día corrió detrás de Lalo, hoy también abandona el camino a la escuela, cruza la calle y camina todo el trayecto hasta la estación de autobuses Greyhound Downtown.

No sabe lo que quiere allí. En realidad no tiene nada que hacer allí. Va a la ventanilla y pregunta cuánto cuesta un boleto a Cincinnati.

El empleado en la ventanilla lo mira.

—¿Quieres ir a Cincinnati, muchacho?

—O a Cleveland.

El hombre consulta su computadora y le da los precios a Rafa.

Rafa le da las gracias y sigue caminando. No sabe hacia dónde. Camina en dirección al río. Cuando está en una calle que casi no tiene tránsito, una patrulla fronteriza lo ve.

Del otro lado de la acera, en la misma dirección en la que camina Rafa, la patrulla empieza a andar lentamente. Luego se detiene. El acompañante abre la ventana.

—¡Ey, muchacho! —lo llama—. ¿Qué haces aquí?

Rafa sigue caminando.

—¡Ven para acá! —le pide el policía—. Quiero hablar contigo.

Rafa sigue caminando, como si no escuchara al hombre.

De repente, el conductor acelera, la patrulla gira sobre su propio eje con las llantas chillando y en el instante siguiente se lanza hacia Rafa, deteniéndose a corta distancia de él.

Para seguir caminando sobre la calle, Rafa tendría que haber rodeado la patrulla, pero se abren ambas puertas, los dos policías saltan hacia afuera y con las piernas abiertas se interponen en su camino.

—¿Estás sordo?, ¡te pregunté qué es lo que haces aquí!

—Voy para allá —dice Rafa y con la mano indica una vaga dirección.

—¿Por allá?, ¿y de casualidad sabes hacia dónde lleva por allá?

—Hacia allá.

—¿Y de dónde vienes?

Rafa hace una indicación sobre su hombro.

—¡Te crees un payasito, verdad, muchacho? ¿O a la mejor un John Wayne o algo así?

—¿Quién es John Wayne?

—¿Qué?, ¿no sabes quién es John Wayne?

—Alguna vez leí su nombre en un escusado. En la pared, encima del papel de baño. Allí decía: Soy duro y rasposo como John Wayne y no le limpio la mierda a ningún culo.

Los dos funcionarios se atacan de la risa.

Uno levanta su sombrero, se limpia el sudor de la frente y todavía riéndose camina hacia Rafa. Se detiene a corta distancia de él. La risa para, después su cara se endurece.

—¿No te estarás burlando de nosotros? —dice con un tono peligroso.

—¿Burlarme?, ¿cómo? No, eso nunca se me ocurriría.

—Entonces deja de sonreírme tan estúpidamente.

Rafa ni siquiera había notado que estaba sonriendo.

—Va de nuevo: ¿Qué haces aquí?

—Nada.

—¿Nada?

—Bueno, camino.

—¿Y hacia donde caminas?

—No sé, hacia dónde voy. Sólo camino. ¿Sabe? Ha fallecido mi tía. En realidad debería yo estar en la escuela, pero no pude. No pude concentrarme en nada, y entonces mi maestro me dijo: Rafa, ¿por qué no te sales un rato y te vas a caminar por allí? Yo pensé que no era una mala idea, y así caminé por la ciudad y ahora voy por el río. Y allí adelante, en donde está el puente, iba yo a dar la vuelta y caminar de regreso.

—¿De regreso con tu tía muerta?

—No, señor, ella vivía en Cincinnati.

—¿A la escuela?

—No, tengo un tío en el lado sur de la ciudad. Al suroeste. Se llama Pedro Mendoza. Pensé que a la mejor podía ir con él al sepelio.

—A ver, dime, ¿tienes algunos papeles?

—Aquí, mi identificación —Rafa saca su tarjeta de identidad de la bolsa del pantalón.

—Dámela.

El segundo funcionario, que hasta ahora no había dicho ninguna palabra, toma la tarjeta de la mano de Rafa. Observa la fotografía.

—¿Tienes quince años?

—Sí.

—¿En dónde vives?

—En la Casa Loretta.

Los dos policías intercambian miradas.

—¿Conoces a uno que se llama Hilario Gutiérrez?

—Sí, también vive en la Casa Loretta.

—Ya no, en la noche se fugó.

—Me enteré de eso. La policía lo busca, ¿verdad?

—¿Por casualidad sabes a dónde fue?

—Ni idea, señor.

—¿No estará por aquí cerca?

—No lo sé, señor. No sé en dónde está. Simplemente se fugó.

—¿Y tú? ¿Acaso tú también te fugaste?

—No, claro que no, señor. A mí me gusta la Casa Loretta. Estoy allí desde que yo era un bebé. Mis padres fallecieron en un accidente automovilístico en Hickman, cuando yo no tenía ni el año.

Los dos se miran.

—*Okey*, muchacho, mi compañero y yo pensamos que lo mejor es que te llevemos de regreso a la Casa Loretta. No somos taxi, pero cuando alguien como tú anda por aquí afuera y ni siquiera trae una botella con agua, lo hacemos por puro sentido humanitario. Así es que no te pongas difícil y súbete.

—¿En vez de llevarme a Casa Loretta me podrían llevar con mi tío? Con eso sí me ayudarían.

—¿En dónde vive tu tío?

—En el suroeste de la ciudad.

—Ya lo dijiste una vez, ¿cuál es la dirección?

—La calle, en donde está su casa, en realidad no es una calle. Creo que ni siquiera tiene nombre. En todo caso, nunca he visto un rótulo de calle allí afuera. Pero les puedo indicar el camino. Yo sé, en donde nos tenemos que desviar de la vieja *highway*.

—¿La vieja *highway* afuera en la refinería de ASARCO?

—Exactamente por allí, señor. Aproximadamente ocho kilómetros adelante de la refinería. La calle se llama Cebadilla Road. Allí tiene que doblar y después de unos tres kilómetros empieza la calle en donde vive mi tío.

—Una zona bastante peligrosa, allá afuera.

—Lo sé, señor. Pero hay gente que no tiene otra opción, cuando hay que buscar dónde poder vivir. Simplemente viven en donde cueste menos. Mi prima Latisha va a la universidad, y ustedes saben lo que eso cuesta.

—*Okey*, súbete. Esa zona no queda directamente sobre nuestra ruta, pero te llevamos rápido, te dejamos allí y nos vamos. *Okey?*

—*Okey*, gracias.

—Otra cosa antes de que te subas, muchacho: ¿por casualidad no traes una pistola contigo? Escondida en algún lugar de tu pantalón.

—Señor, yo no sabría qué hacer con una pistola.

—Entonces, de todos modos, date la vuelta, ve hacia la patrulla, pon las manos sobre el techo y abre las piernas. Ándale, apúrate, ya hemos perdido suficiente tiempo contigo.

Rafa hace lo que le indican, se para junto a la patrulla, coloca las manos sobre el techo y abre las piernas. Uno de los dos policías fronterizos lo palpa con las dos manos, de atrás, hasta le toca los genitales y constata que Rafa está limpio.

Rafa se sienta en la parte trasera, detrás de la cerca divisoria. Suben al *freeway* I-10 y atraviesan la ciudad.

—¿Hilario Gutiérrez no te dijo por casualidad lo que pasó allá afuera en el desierto hace siete días?

—¿Ah, usted dice, porque hubo muertos?

—Lo que quiero saber es si Hilario Gutiérrez dijo alguna cosa, que tú me quisieras contar.

—Sólo dijo que no tenía nada que ver con ese asunto.

—Pero mientras tanto sabemos que sí tuvo que ver con el asunto. Sucede que él fue el conductor del Jeep, al cual le dispararon.

—De eso, no dijo nada, señor.

—*Okey*. Yo creo que este tipo es demasiado astuto como para delatar sus secretos. ¿Lo conociste bien?

—En la Casa Loretta todos nos conocemos bastante bien, señor.

El acompañante se ríe.

—Sí, me puedo imaginar que todos ustedes se conocen. Ustedes son como una gran familia, ¿correcto?

—Sí, señor. Cien por ciento correcto.

—¿Entonces, Hilario Gutiérrez seguramente les va a hacer falta?

—Hilario siempre fue más o menos muy independiente, señor.

—¿Uno que no tenía amigos?

—No, no quise decir eso. Era independiente, pero tenía amigos.

—¿Tú eras su amigo?

—Sí, señor. Yo también era su amigo.

—¿Entonces, a la mejor sabes a dónde se fue?

—No, señor, eso no lo sé.

En el trayecto sobre el *freeway*, el acompañante le hace cien preguntas a Rafa, pero ninguna de las respuestas le sirve.

Es medio día cuando llegan a la casa de los Mendoza. La madre de Latisha sale. Rafa se baja de inmediato de la patrulla.

—¡Tía! —le grita y se dirige hacia ella con los brazos abiertos—. Tía María, soy yo, tu sobrino Rafa.

El acompañante también se baja, le da la vuelta a la patrulla y se recarga con la espalda en el coche.

—¡Muchacho!

Rafa se detiene y se dirige al acompañante.

—Te tengo que decir una cosa.

—¿Qué, señor?

—No creo ni una palabra de lo que dijiste.

—Yo no miento, señor. Se lo juro.

El acompañante sólo asiente. Luego se da la vuelta, camina alrededor de la patrulla y se sube. El conductor da la vuelta en el espacio frente a la casa y sale envuelto en una nube de polvo, hacia la dirección de la cual habían venido.

Rafa mira cómo desaparece la patrulla. Luego mira hacia la señora Mendoza.

—¿Está Latisha? —pregunta.

La señora menea la cabeza.

—Sería mejor que te fueras, Rafa —dice—. En el periódico hemos leído lo que sucedió aquella tarde.

—Todavía nadie sabe lo que de veras pasó, señora —le contesta Rafa—. Eso sólo lo saben los que estuvieron presentes en ese momento.

—¿En dónde está tu amigo?

—Lalo se escapó en la noche.

—¿Escapó?, ¿para dónde?

—No lo sé.

La mujer se persigna.

—Entonces nunca más regresará, Rafa.

—Me temo que tiene razón, señora —Rafa camina hacia la mujer y se detiene a unos pasos frente a ella—. ¿Puedo entrar a su casa y esperar aquí a Latisha?

Ella lo mira con desconfianza.

—¿Qué quieres de Latisha? —le pregunta con dureza—. Ella es una muchacha buena.

—Lo sé, señora.

—Si lo sabes, entonces, ¿qué quieres de ella?

—Quiero hablar con ella.

—¿Hablar?, ¿de qué? ¿Qué más hay que hablar?

—Yo tampoco lo sé, señora. Sólo sé que necesitaba venir y no tenía dinero para un taxi.

—Está bien, entra. En la casa está más fresco. Dicen que hoy en la tarde va a haber una tormenta. Mira allá, uno de esos remolinos locos.

Lalo mira en la dirección que ella le señala. A la orilla de una elevación plana está danzando un remolino en el desierto. A Rafa le parece siniestro. De algún modo presiente que puede ser augurio de desgracia.

No sigue observando el remolino y entra después de la mujer a la casa.

—¿En dónde está su marido? —pregunta Rafa.

—Hace una hora empezó su turno. Él trabaja como empleado de seguridad en una tienda departamental. Toma, espero que te guste mi té helado con limón. Yo misma lo hago. Coloco la botella con agua y varias bolsas de té al sol.

—Entonces, el sol hace el té —dice Rafa.

—Sí, así es. El sol hace el té.

Rafa señala hacia las muchas fotos que están colgadas en las paredes de la sala, algunas en blanco y negro y manchadas, otras a color.

—Usted tiene una familia grande, ¿verdad?

—Son las familias de mi esposo y la mía. La mayoría de ellos viven en México. La hija de una de mis hermanas vive en Alemania. Allí está casada con un maestro. Algunos viven en California, y uno en Canadá.

A Rafa le llama la atención la foto de un muchacho que sostiene al aire un pez grande y aparentemente ríe de todo corazón.

—Ese es nuestro hijo —dice la mujer—. Es como tu amigo. Un día se fue y yo sabía que jamás regresaría.

—¿Cómo se llamaba?

—José.

—Se parece mucho a Latisha.

—Sí, eso siempre lo dijeron todos. Que los dos parecían gemelos. Los dos se querían mucho, a pesar de que cuando eran chicos se peleaban bastante. Lo peor que le podía pasar a Latisha fue la muerte de su hermano. Yo creo que su corazón nunca va a sanar.

Rafa querría impedir que le salgan las lágrimas, pero no lo consigue. Cuando le da la espalda a la mujer, ella va hacia él y lo toma en sus brazos.

—Llora nomás —dice en voz baja, y con suavidad le pasa la mano por el cabello.

EL PISTOLERO SONRÍE. En cambio, la mujer está muy seria y cada vez que Lalo la mira, porque cree que puede obtener apoyo de ella, ella esquiva su mirada.

—El Cowboy me dijo que te pusiste el apodo de Tercero. Eso significa que eres el tercero en la partida. Junto con uno de nuestros mejores, el Gato, y Kaká, un chamaco, de quien yo mismo me encargué cuando llegó con nosotros.

Lalo intenta aguantarle la mirada al Pistolero.

—Tuvieron mala suerte —dice tan sereno como le es posible, a la vez que levanta los hombros—. También podía haberme tocado a mí.

—¿O a tu amigo?

—A él también. El Gato y Kaká simplemente tuvieron mala suerte.

—Lo dices como si te fuera indiferente haber perdido a tus dos compañeros.

—No, para nada. Pero yo no conocía a esos dos. El Gato me dijo que manejara. Así es que manejé. Él me dijo hacia dónde tenía que ir. No me dijo lo que pretendían él y Kaká.

En el trayecto nos dijo que era posible que nos persiguieran. Eso fue todo. Luego apareció esa *pick up* y empezaron a dispararnos, y una de las primeras balas le dio al Gato. A mí me tocó un poco después y a Kaká al final.

—Sólo a tu amigo no le tocó —dijo el Pistolero.

—No, él tuvo suerte.

—Tú nos llamaste y dijiste que querías que te recogiéramos. ¿Eso significa que te separaste definitivamente de tu amigo y de la Casa Loretta?

—Sí, yo nunca regresaré. Jamás. Me escapé.

—¿Qué pretendes? Tú sabes que no te puedes quedar en esta casa.

—Me quedaré en algún lugar.

—¿Aquí?, ¿en México?

—O allá. Lo más seguro es que primero acá y luego allá. Todavía no sé.

—Bueno. Entonces te pregunto si estás listo.

—¿Para qué?

—Para tu primer trabajo.

Lalo mira a la mujer.

Esta vez ella le devuelve la mirada. Lalo sonríe levemente.

—¿A quién debo matar?

—A Harry —dice el Pistolero.

—¿Y quién es Harry?

—Harry es el que ordenó a la gente de la *pick up* que te mataran. A propósito, también hubieran matado a tu amigo. Todavía no sé quién les dijo que te queríamos contratar, pero lo voy a averiguar, te lo aseguro.

—Seguro que mi amigo no fue.

—Lo mismo pienso yo. ¿Uno de nosotros? No lo creo. Deben haberte observado cuando viniste con nosotros. Y luego los siguieron hasta el lugar donde te habías quedado de ver con el Gato.

—¿Y quién es Harry? —repitió Lalo insistente.

—Harald Ortega es un jefe de la policía que compró al Kiki Benítez. Harry se encarga de que no se descubran los plantíos de mariguana que tienen los campesinos. Y manda a liquidar a quien no obedece sus órdenes. Uno de sus hermanos está en la ciudad de México en el gobierno. Cada año Harry Ortega se vuelve más poderoso. Vive con su familia en una casa hermosa con alberca. Maneja una camioneta Porsche y hasta tiene una casa de descanso junto al mar en La Paz. Hace algunas semanas allí le dimos un golpe muy fuerte, pescamos a su hermano más joven, Diego.

—¿Y ahora se quiere vengar?

—Sí, ya mandó despachar a seis de nuestros hombres, dos en Tijuana y cuatro aquí en Juárez. Imagínate, las ansias del Piojo por quitarlo por fin del camino.

Lalo se recarga en su silla.

—¿Y yo me tengo que hacer cargo?

—No tu solito —lo calma el Pistolero—. Pero como el Gato y Kaká ya no pueden trabajar contigo, he decidido que hagamos juntos este primer trabajo.

—¿Tú y yo?

El Pistolero se levanta de su silla. Camina hacia la ventana, abre un poco la cortina y mira hacia la calle.

Allá, del otro lado de la calle está el Cowboy hablando con el hombre de la mueblería.

—Perro traidor —dice el Pistolero—. Vamos a tener que ejecutarlo pronto —una mosca se acerca a su nuca y con un movimiento de la mano la espanta—. Por lo general, yo ya no hago el trabajo sangriento —explica el Pistolero, sin quitar la vista de la ventana—. Con Harry voy a hacer una excepción. Ahora también tiene al Gato y a Kaká en su consciencia. Y para todos nosotros se vuelve un peligro cada vez más grande.

—¿Cuándo debe ser? —pregunta Lalo lo más sereno posible.

—Es difícil acercársele —explica el Pistolero—. Nunca está solo, ni siquiera en su tiempo libre. Su casa está vigilada. Nadie puede cruzar la barda que la rodea sin ser visto. Los sistemas de alarma cubren todos los ángulos. Hace aproximadamente un año casi lo logramos. Pero la bala que debería haberle dado en la cabeza, sólo le deshizo la clavícula derecha.

—¿Cómo me le voy a acercar, si ustedes hasta ahora no han podido?

—Tú eres nuevo, Tercero. Una cara nueva que todavía no se conoce. Sabrán que vas a trabajar para nosotros, pero tu cara sólo la conocen algunos de sus matones. Eso cambiará con el primer disparo. Después, todos van a saber que tú eres el matón, que nos quitó a Harry del camino.

—¿Cuál es el plan?

—La única posibilidad de acercársele es el sábado en la mañana. Harry lleva a su hijo Rodrigo cada sábado por la mañana al futbol. Su hijo juega en un equipo juvenil. Harry está muy orgulloso de él, piensa que alguna vez jugará en el Real Madrid.

—Kaká también lo soñaba —dice la mujer—. Cuando estaba chico.

El Pistolero se voltea hacia ella.

—Alguna vez fue su sueño —confirma.

El Pistolero va al escritorio, abre un cajón y le da un papelito a Lalo.

—Grábate este número y luego destruyes el papel, lo rompes en pequeños pedacitos y los tiras al escusado. Marca el número el viernes en la tarde. Uno de nuestros choferes te preguntará, quién eres. Dile que tu nombre es Tercero, y en dónde puede pasar por ti.

—¿Qué más?

—Nada. Eso es todo lo que tienes que saber por ahora. Cuando el hombre pase a recogerte no olvides llevar tu pistola. Y ponte algo corriente: *jeans*, playera. Nada de pinches trajes de la mafia, ¿me escuchas? Nada de copias de un Rolex en el brazo. Tampoco esos lentes oscuros de mierda, Ray Ban. Nada de zapatos italianos lustrados. Vístete para pasar desapercibido como un muchacho que quiere ver el juego de futbol de su hermano menor.

—*Okey* —Lalo sonríe—. Yo nunca traigo zapatos italianos lustrados.

—Pero tampoco botas de cocodrilo llamativas, como si salieras de una disco *country*. La gente de allí es sencilla. No debes llamar la atención. Todo depende de que te le puedas acercar. Un disparo en la nuca sería lo más seguro.

—*Okey*.

—Bien, para que sepas lo que te espera, te lo digo de una vez: no vas a ir a comerte un dulce. La mayoría de las veces Jairo acompaña a Harry. Jairo es como su sombra. Discreto. Siempre muy cerca de él. Es un tipo que huele el peligro. Vas a tener que estar muy alerta, para que no te pesque antes de que tú puedas disparar tu tiro.

Por un momento, Lalo siente que su estómago se ablanda. A pesar de ello, sonríe, pero el Pistolero se da cuenta de la inseguridad de Lalo.

—No tienes por qué tener miedo, muchacho. No me vas a ver por ningún lado, pero voy a estar allí y te voy a cuidar.

—Yo no tengo miedo —le asegura Lalo.

—Bien, entonces nos volvemos a ver el viernes en la tarde. Cuídate, muchacho. A propósito, si todo sale bien, nos dividimos diez mil dólares. Al principio no hay más para ti.

—¿Cinco mil?

—Y una libra de cocaína como bono, si todo se desarrolla sin tropiezos y liquidas al hombre.

El Pistolero se recarga en la silla giratoria.

—¿Necesitas algo más?

Lalo niega, meneando la cabeza.

—Bien, con nosotros no hay anticipos. Arréglatelas para que tu dinero te dure hasta el sábado. Escuché que te compraste ropa y un celular.

—Todavía tengo suficiente dinero —dice Lalo esquivando. Pero en ese momento recordó el Ford negro con la placa de Texas que el chofer del taxi creía haber visto—. *¿Podría ser que el Pistolero o, posiblemente, hasta el Piojo lo mandaran vigilar para estar seguros de que era serio y todo lo hacía bien?*

Ahora, el Pistolero sonríe.

—Bien. Te lo digo de nuevo, no te dejes tentar por gastar demasiado dinero. Aquí abajo, en nuestro territorio, lo más seguro es que te podamos proteger, pero del otro lado de la frontera, eres presa libre para los policías y matones que trabajan para el cártel del Golfo.

—No voy a regresar del otro lado de la frontera tan pronto. Allí los policías seguramente ya me andan buscando.

—Y tu amigo a la mejor también.

Por un momento, Lalo bajó la cabeza.

—Ya no es mi amigo —dice mientras vuelve a levantar la vista.

Ahora también la mujer sonríe.

—Aprendes rápido, Tercero —dijo ella—. Renta un cuarto en El Rey. El dueño de allí es uno de nosotros —ella abre la puerta—. Vámonos.

Lalo levanta su mochila y la chamarra del suelo, sale de la habitación y baja las escaleras. Con cada paso se siente más fuerte. Y abandona la casa deseando que Rafa lo pudiera ver en ese instante.

Mira hacia el sitio en donde Rafa lo había esperado en aquella ocasión. Allí no hay nadie.

Lalo cruza la calle. El Cowboy le hace una seña de que todo está *okey*.

Lalo se mezcla entre la gente y sigue caminando entre la multitud del tránsito a medio día. En El Rey, un hotelucho barato en el centro de Ciudad Juárez, renta un cuarto. Un cuarto doble con regadera y un pequeño balcón hacia la parte posterior.

Prende la luz, le pone cerrojo a la puerta, cierra las cortinas, saca la pistola del cinto del pantalón y la coloca debajo de la almohada.

Se quita la camisa. Debajo lleva una camiseta blanca, pegada al cuerpo. En un espejo manchado se ve de frente.

—Soy un sicario —dice—. ¿Y tú?

—Yo también —dice su espejismo.

Va hacia la puerta, la abre y baja. En la recepción compra dos botellas de cerveza Tecate y vuelve a subir.

Luego toma el control de la televisión y oprime el botón verde. La televisión enciende. Lalo se acuesta sobre la cama, abre la botella helada y con una mano la hace rodar brevemente sobre su frente caliente.

Bebe dos, tres tragos, deja la botella sobre el buró y recorre los canales.

Se detiene en uno de los canales, donde transmiten *Spiderman*.

Spiderman. Recuerda cómo él y Rafa, de pequeños, habían soñado alguna vez ser superhéroes. Rafa, Batman; y él, Spiderman. Habían corrido juntos por el vecindario, se habían descolgado de los muros de una casa en ruinas y una vez casi quedaron enterrados por el cascajo que les cayó.

Cuando soñaba, Lalo se desprendía de la realidad. Está mirando la tele, pero piensa en tiempos pasados, y así olvida por qué está acostado en ese pequeño cuarto de hotel.

Lalo está acostado sobre la cama y suda. Fuma un porro y vacía las botellas.

Mucho tiempo después de la media noche se duerme, sin notarlo. En su sueño juega futbol. Con Kaká. Pero la pelota no es una pelota. La pelota es la cabeza de un hombre. Y la cabeza tiene una cara.

La cara de Ernesto Díaz. Tiene una perforación en la frente, exactamente entre los ojos.

Lalo despierta bañado en sudor.

—Tienes visita, Latisha —dice la señora Mendoza, cuando su hija llega a la casa.

Es por la tarde. Ha llovido a cántaros durante casi hora y media. El frente de la casa está lleno de charcos. Un arroyo, que antes no había existido, corre a un lado de la casa entre los matorrales de mesquite.

Latischa ve a Rafa sentado en el sofá, detiene brevemente su paso y se apresura a entrar en la cocina, donde su madre está ocupada calentando una olla con menudo y unas tortillas de maíz.

—Mamá, ¿qué hace él aquí? —pregunta en voz baja—. ¿Por qué vino? La policía busca a su amigo por todos lados. Hasta lo dice en los periódicos.

—Está aquí para verte.

—Me parece que es bastante peligroso que venga para acá. Lo más seguro es que lo está buscando la policía y, también, algún matón.

—Latisha, por favor, tranquilízate —musita su madre—. El muchacho no es un criminal.

—¿Cómo estás tan segura?

—Ya lleva varias horas aquí. He hablado con él. Rafa está desesperado, eso es todo. Su amigo, con quien creció y que para él es como un hermano, se fue. Ahora ha venido porque está muy solo. Ve y habla con él. Eso le hará bien.

Latisha mira desconcertada a su madre.

—Mamá, ¿tú le tienes confianza, aunque sabes lo que pasó ese día que vinieron él y su amigo?

—Lo que sucedió no tiene nada que ver con él. Por casualidad estaba presente. No hizo otra cosa más que acompañar a su amigo. Él no sabía en lo que se metía cuando fue a México con Lalo.

—¿Eso te dijo?

—Sí, me dijo todo. Me contó toda su vida, desde aquél día en que tres hombres lo liberaron de un auto que se estaba quemando. Sus padres murieron en ese coche. Ellos venían de México, igual que tu padre y yo. Tenían los mismos sueños que nosotros. Entonces sucedió el accidente.

Latisha mira hacia la abertura de la puerta, que da a la sala.

—Entonces, ¿él es huérfano de padre y madre?

—Sí, creció en la Casa Loretta. Allí lo llevaron de bebé. A Lalo, a propósito, también. Pero Lalo no sabe quién fue su padre. Pocos días después de su nacimiento, su madre lo abandonó. Él cree todavía que ella falleció junto a él en la cuna, pero lo más probable es que ella simplemente lo dejó en el hospital.

—Mamá, tengo que volver a salir. Hoy habrá en la escuela una conferencia que no me quiero perder.

—Entonces pregúntale si quiere acompañarte.

—Mamá, eso voy...

Latisha calla cuando Rafa aparece en la puerta.

—No creo que pueda quedarme más tiempo —dice—. Loretta seguro ya se está preocupando por mí. No fui a la escuela. A la mejor piensa que yo también me escapé.

—Primero hay que comer algo —dice la mujer y levanta la tapa de la olla de fierro—. Menudo con carne de puerco y verduras de nuestro jardín. En unos minutos va a estar todo listo. Latisha, hay jugo de manzana en el refrigerador. ¿O a la mejor nuestra visita sólo toma agua?

—¿Quieres agua? —pregunta Latisha, sin mirar directamente a Rafa.

—No, me gusta el jugo de manzana.

Latisha abre el refrigerador, saca una botella de medio galón de jugo de manzana y llena tres grandes vasos verdes que brillan. Deja uno sobre la mesa de la cocina, los otros dos los lleva a la sala. Para eso tiene que pasar tan cerca de Rafa que por poco se tocan.

—Lo malo es que tengo que salir dentro de media hora —dice Latisha y pone los vasos sobre la mesa—. Tengo que regresar a la escuela. Hoy hay una conferencia sobre la importancia del Río Grande para la gente que vive cerca.

—¿En dónde está tu escuela? —pregunta Rafa.

—En la ciudad. Desde hace medio año voy a la Mission Early College High School. Es un Junior College en el que me puedo preparar para la universidad.

—¿Me llevas a la ciudad?

—Sí, claro, te llevo al cruce de Alameda Avenue y North Piedras Street.

—Bueno, de allí sólo son unas cuadras hasta la casa.

Latisha regresa a la cocina.

—Ya está lista la comida —dice su madre, que protegiendo sus manos con dos trapos gruesos, carga la olla a la sala.

—Mi mamá hace el mejor menudo —dice Latisha—. Por favor no olvides alabarla, Rafa, y así nunca se olvidará de ti.

Van a la sala y se sientan a la mesa. Rafa no tiene que hacer mucho esfuerzo para elogiar la comida.

—Jamás he comido un menudo mejor que el suyo —dice saboreando, y se sirve una cucharada grande.

—Rafa, por favor cuéntale a Latisha quién te trajo hasta acá —le solicita la señora Mendoza con una sonrisita.

Rafa se limpia los labios con el dorso de la mano.

—¿Pues quién? —pregunta Latisha curiosa—. ¿Tu amigo Lalo?

—La migra —dice Rafa un poco inseguro.

—¿La migra?

—Dos de ellos, en su patrulla nuevecita.

—Si es verdad lo que dices, debes tener buenos amigos en la migra.

—No, no. Sólo les conté la historia de mi tía que acababa de fallecer en Cincinnati y que aquí tengo un tío.

—Aquí en El Paso o aquí, aquí.

—Aquí, aquí.

Latisha voltea los ojos.

—Entonces, ¿le mentiste a la migra?

—Sí, ¿te molesta? Me da pena, pero ya no lo puedo remediar. Salí en la mañana y no sabía hacia dónde. Poco antes de que aparecieran los de la migra, pensé en venir para acá, pero de allí hasta acá son más de cuarenta kilómetros. Quería verte, pero no sabía cómo hacerle para llegar. A pie es demasiado lejos, y no puedo pagar un taxi.

Comieron tortillas y menudo, tomaron jugo de manzana y hablaron de cosas triviales. Sin embargo, los tres sabían que había cosas más importantes de las que tenían que hablar, pero no era el sitio ni el momento adecuado.

Hablaron sobre el permiso para conducir que el departamento de tránsito le había otorgado a Latisha, para que con sus quince años obtuviera su licencia provisional y pudiera manejar el pequeño Mitsubishi Colt. Porque vivía en una zona muy alejada de la ciudad, y como era una alumna muy aplicada podía cambiar más rápido del High School al College.

—No siempre discriminaron a los mexicanos en este país —dice la mamá de Latisha al respecto—. Yo ya no quisiera vivir del otro lado de la frontera, Rafa. Aquí hay muchas cosas malas, es cierto, pero también hay muchas buenas. A nuestros parientes en México no les va tan bien. Muchos de ellos viven al día. En todas partes hay corrupción. Los jefes de los cárteles son los reyes. Y quien no hace lo que ellos quieren, muere. Por eso está pasando esta guerra de las drogas. Es una guerra sin fin, Rafa. Ya la había, cuando yo tenía la edad que Latisha tiene hoy. Recuerdo cómo nuestro vecino fue asesinado en plena calle, porque se metió con la gente que no debía. Hay demasiada gente pobre, que apenas tiene para vivir.

—Mamá, ¿no podemos hablar de otras cosas? —le sugiere Latisha a su madre.

—Sí, mejor hablemos de algo diferente a esta guerra endemoniada, que ha llevado muerte y desdicha a tanta gente en ambos lados de la frontera. Sobre todo en México. Dicen que allá hubo más de once mil muertes en un año.

Rafa les cuenta que él quisiera ser periodista o incluso escribir un libro.

—Yo creo que tú serías un buen escritor —dice la madre de Latisha—. Uno como Octavio Paz, que es un buen observador de la sociedad.

Así hablaban, comían y bebían, y a pesar de que los tres pensaban en Lalo, no volvieron a mencionar su nombre, hasta que Latisha y Rafa partieron y regresaron a la ciudad.

La tarde ya había avanzado, el sol secaba las calles rápidamente. Entre la ciudad, el río y los cerros distantes en México, estaba colgada la bruma como una neblina delgada.

Ya en el *freeway*, Latisha sorprende a Rafa al preguntarle hacia dónde tenían que ir.

—Pensé que tú tenías que volver a la escuela.

—No, sólo que no quería quedarme en la casa. Desde que ya no está mi hermano mayor, me desespero allí dentro. Mis padres son buenos conmigo, pero tratan de protegerme demasiado. Como si tuvieran miedo de perderme a mí también. A veces siento como si ellos fueran mis dueños, Rafa.

—Esa sensación no la conozco —dice Rafa—. Sólo Lalo y yo nos cuidamos.

—¿Es por eso que me querías ver? ¿Porque lo extrañas tanto?

—Me hace mucha falta, Latisha.

—Yo sé cómo es eso. Conozco ese sentimiento. Cuando nos dieron la noticia de que mi hermano estaba muerto, yo no quería otra cosa más que ir con él. Pensé seriamente en suicidarme.

—Por suerte no lo hiciste.

—Sí, por suerte. ¿A dónde vamos, Rafa?

—A la frontera.

—¿Tú quieres ir a la frontera?

—Sí, de allí puedo pasar a pie a Ciudad Juárez.

—¿No es demasiado peligroso para ti, Rafa? ¿En serio piensas que vas a encontrar a Lalo en alguna parte? Sería una coincidencia muy grande.

—Lo sé, pero lo tengo que intentar. Sencillamente creo que nos vamos a encontrar. Ya ha pasado muchas veces, Latisha. Desde que éramos chicos. Cuando yo pensaba: *Lalo en este momento debe darle la vuelta a la esquina*, casi siempre llegaba un segundo después. Una vez nos perdimos de vista en el rodeo, había mucha gente y cuando creí que jamás lo volvería a encontrar, de repente estaba parado junto a mí.

—Eso es distinto.

—No, no es distinto. Anoche hasta soñé que nos encontrábamos en Juárez.

Los dos callaron hasta la salida, sobre la que se llega del *freeway* a la garita para cruzar por la Santa Fe Avenue.

—¿Qué harás si de veras lo encuentras? —pregunta Latisha, mientras se incorpora al tránsito.

Rafa mira fijamente a través del parabrisas y no le contesta.

—¿Intentarías detenerlo?

Rafa se queda callado.

—Se burlaría de ti. Nadie lo puede detener. Si acaso una bala. O unos matones en la prisión, que lo maten a puñetazos, como lo hicieron con mi hermano.

—No sé lo que haría —contesta Rafa, por fin.

Es un tramo corto hasta el puente de la frontera. Ambos callan sumidos en sus pensamientos.

—Bien, lo podemos intentar aunque creo que no tiene caso buscarlo por toda la ciudad. Cuando se fue mi hermano, les avisamos a muchos parientes, todos lo buscaron pero nadie lo encontró.

—No digo que lo vamos a encontrar, Latisha. Y tampoco digo que vengas conmigo. Yo voy solo. Sólo déjame bajar, voy a cruzar a pie.

—¿Conoces alguna persona en Juárez?, ¿parientes?, ¿amigos?

—No, allá no conozco a nadie. Sólo sé en dónde está la casa.

—¿Cuál casa?

—La casa en donde le dieron a Lalo su anticipo y el papelito con el número del celular del Gato.

—¡Rafa, allí no puedes ir! Si te descubre la gente con la que está metido Lalo, te matan.

—Ya te dije que no necesitas venir. ¡Voy solo! Como mujer sólo me estorbarías. Entonces, mejor te quedas...

—¿Qué quieres decir, Rafa?, ¿me quieres insultar?

Latisha vira hacia el carril derecho y avanza lentamente hacia el puente que lleva sobre el Río Grande.

En esta tarde hay mucho tránsito. La gente que trabaja en El Paso regresa a México. En la frontera nadie tendría tiempo de detener los coches, nadie pediría identificaciones.

—¡Para, por favor!

—No, Rafa. No lo voy a hacer. Voy a ir contigo.

—¿Piensas que es una buena idea?

—Es buenísima idea. Aunque yo tampoco tengo una tía en Cincinnati, pero sí tengo varios tíos y tías en Juárez. En caso de que necesitemos ayuda, puedo confiar en ellos.

—Esto no es un juego de niños, Latisha. Puede ponerse...

—Disculpa que te interrumpa, Rafa, pero yo sé que no es un juego de niños, créeme.

Allí en donde la calle hace una curva hacia la derecha, Latisha sube el puente. Rafa le insiste de nuevo para que se detenga, pero ella no le hace caso. Se forma en la fila de autos que van hacia la garita de la aduana. A la derecha esperan los grandes *trailers*. Algunos choferes están parados a la sombra de los monstruos de dieciocho ruedas, fuman, conversan y comparan sus documentos para la aduana.

—Latisha, por favor, déjame en la frontera y regrésate.

—No, no lo voy a hacer. Yo voy contigo. ¿Siquiera traes tu identificación?

Rafa saca su tarjeta de la cartera.

Ahora, están en el pasillo de malla y alambre de púas sobre el puente fronterizo. Ya no pueden regresar.

Los automóviles van a vuelta de rueda en la calle donde está la casa color rosa.

En los cruceros hay embotellamientos. Bocinazos impacientes. Hombres enojados.

Rafa señala hacia la casa.

—Allí está —dice—. Es la casa color rosa.

Mientras maneja, Latisha lanza una rápida mirada a la casa.

—Se ve inofensiva —dice.

—Pero no lo es.

—Así es en México. Mira la gente, todos son inofensivos y, sin embargo, ahí están los asesinatos, ¿no?

—¿Puedes parar por aquí en algún lugar?

—¿Aquí?, ¿en este ajetreo? ¿Qué pretendes? ¿No querrás entrar ahí?

—No, tampoco estoy tan loco.

Latisha busca un espacio para estacionarse, entra en una angosta calle y estaciona su Mitsubishi frente a un jardín de niños que está rodeado por una cerca alta. Apaga el motor y mira a Rafa de lado.

—Bien, ¿y ahora qué?

Rafa se limpia la mano húmeda en el pantalón.

—Sólo voy al lugar de donde pude observar la calle, mientras Lalo estaba en la casa.

—*Okey*, entonces vamos. —Latisha estira el brazo hacia la puerta.

—Tu mejor te quedas aquí.

—Rafa, ¿no crees que con casi diez y seis años puedo decidir yo sola lo que hago y lo que no?

—Está bien. Lo comprendo. Aunque diez y seis aún es bastante joven.

—¿En qué día naciste tú, Rafa?

—En mis papeles dice que el catorce de febrero.

—Entonces eres exactamente dos meses y dos días mayor que yo. Mi cumpleaños es el dieciséis de abril. Nací bajo el signo de Aries, por eso mi madre dice que tengo una cabeza de piedra.

—Nadie te puede decir nada, es cierto.

—Decir, sí pueden, pero no me dejo influenciar.

—*Okey*. Ven, si quieres. No tengo nada en contra.

—Y aunque lo tuvieras... —Latisha deja la conclusión de la oración en el aire y abre la puerta de su lado.

Los dos se bajan al mismo tiempo, caminan hacia la calle principal y pasan frente a la casa rosa.

Una mujer flaca y pálida sale en el momento en que pasan frente a la puerta. Las miradas de Rafa y de la mujer se cruzan por un breve instante, Rafa se da cuenta de que esa mujer lo reconoce inmediatamente.

Mientras sigue caminando al lado de Latisha, Rafa siente cómo se le congela la sangre en las venas. Le parece que la mirada de la mujer lo perfora por detrás, pero no se atreve a voltear.

—¿Quién era ésa? —pregunta Latisha en voz baja.

—¿La mujer?

—Sí, sólo te vio a ti, a mí no, y eso que al pasar a su lado casi la toco.

—No sé quién sea, Lalo no me contó nada.

—A la mejor deberíamos regresar y cruzar la frontera lo más pronto posible.

—Voltea disimuladamente a ver a la mujer, Latisha, y dime qué hace.

—No, hacemos como si no viniéramos juntos. Yo ahora me quedo parada y voy a cruzar la calle. Así, puedo mirar hacia la izquierda y la derecha, y ver lo que hace. Tú sigue caminando cien pasos en la misma dirección, Rafa. Luego también cruzas la calle y nos encontramos del otro lado.

—*Okey.* Yo nada más sigo caminando.

Sin esperar respuesta, Latisha se detiene a la orilla de la acera y mira primero hacia la izquierda, luego a la derecha.

La mujer todavía está frente a la entrada de la casa y habla por celular. La puerta detrás de ella ha estado cerrada, pero en ese instante se abre y sale un hombre con botas y sombrero de *cowboy*.

La mujer le dice algo y señala hacia Rafa.

El hombre asiente y mete su mano debajo de la camisa que le cuelga por encima del pantalón. Es un movimiento rápido, pero Latisha presiente que el hombre no tocó su cinturón para asegurarse de que está apretado, sino porque trae un arma.

La mujer le dice algo más.

De nuevo asiente, y esta vez incluso le contesta, la mujer confirma. Luego habla algo por el celular. El Cowboy está a punto de empezarse a mover, cuando sucede algo que Latisha, incluso más tarde, no puede comprender plenamente.

De repente a la mujer le vuela la cabeza como si hubiera explotado.

Al mismo tiempo se sume como si alguien con un golpe brutal le hubiera partido las piernas con un *bat* de béisbol. Arroja sus brazos al aire, mientras se desvanece sobre el escalón de la puerta.

Latisha mira incrédula la gran cantidad de sangre que escurre por la pared de la casa y la puerta.

Al mismo tiempo ve cómo el Cowboy se voltea y vuelve a meter su mano debajo de la camisa. Pero ya no alcanza a sacar su arma, como si lo hubieran atacado con puñetazos invisibles se tambalea contra la pared de la casa rosa y resbala hasta quedar de rodillas. Su cara reflejaba sorpresa, como si no comprendiera el mundo, porque el día de pronto se ha vuelto noche.

Apenas ahora, aparece su mano debajo de la camisa, aprieta el mango de un revólver.

Los *cowboys* no llevan pistolas. Los *cowboys* llevan revólveres. Un Colt que ahora le pesa demasiado en la mano.

Ya no lo puede sostener.

Así, se le resbala de los dedos sin fuerza y cae en un pequeño charco sobre el asfalto.

El Cowboy está en cuclillas, recargado sobre la pared, un poco doblado y con los hombros caídos. El sombrero se le resbala a la nuca. Se ve grotesco.

La gente que está cerca no se atreve a acercarse. Al contrario, se retiran y salen corriendo, atravesando la calle en la cual se detiene el tránsito.

Ahí está el Cowboy en cuclillas y a pesar de que aún vive, ya no oye a la gente.

Sus ojos están abiertos, pero ya no ve nada. Y aunque todavía respira, finalmente se ahoga con su sangre, antes de que la pueda vomitar.

Latisha tiene la mirada clavada en los dos muertos, la mujer sin cabeza y el Cowboy.

Todavía no comprende lo que sucedió realmente, pero tienen que haber sido balas las que acabaron con ambos. Balas disparadas desde armas con silenciadores, así los disparos se habían ahogado en el bullicio de la calle en esta tarde.

Latisha se espanta cuando Rafa la toma del brazo y la jala entre los coches hacia el otro lado de la calle.

Delante de la casa rosa se junta una multitud. La gente ahora intenta acercarse más a los muertos para poder ver mejor. Entre ellos hay niños. Un niño con un perrito sobre los brazos. Rafa no lo ve, de lo contrario lo hubiera reconocido.

Rafa sigue jalando a Latisha del otro lado de la calle, hasta que ella se zafa y se queda parada.

Apenas ahora, Rafa se da cuenta del susto que hay en los grandes ojos de Latisha y en su cara aterrorizada. Ella tiembla, pero cuando él estira las dos manos hacia ella, levanta los brazos para mantenerlo alejado.

—¡No me toques! —le grita completamente perturbada—. ¡Nada más no me vayas a tocar ahora, Rafa!

—¡Latisha, tenemos que salir de aquí!

—Eso yo también lo sé. Pero primero me tengo que sentar, ¿me entiendes? Me tengo que sentar en algún lado.

—Entonces ven. De nuevo Rafa intenta tomarla del brazo, pero ella mueve la cabeza.

—¡Déjame!

—Rafa señala hacia una pequeña cantina que está apenas a unos veinte pasos de distancia. Un anuncio con luces de neón de cerveza Pacífico brilla en la única ventana.

A empujones empiezan a caminar entre la gente que se apresura para ir al sitio de la balacera. La cantina está casi vacía, sólo hay un hombre sentado frente a la barra. Del cuarto de al lado aparece un segundo hombre que lleva un bigote grueso y tiene colgado un delantal.

—Aquí no se permiten niños —dice en español el hombre.

—Ella... ella... ella... —empieza a tartamudear Rafa.

—Sólo me quiero sentar un minuto —dice Latisha—. Seguro que eso no está prohibido.

—Muchacha, estás tan pálida como un muerto, ¿tuvieron algo que ver con el tiroteo?

—Nosotros... nosotros solamente lo vimos —tartamudea Rafa.

El hombre de la barra se voltea en su silla y se quita la gorra de la cabeza.

—Rudi, dale un tequila a la muchacha antes de que se caiga de la silla. El chamaco seguro que también necesita uno, ¿verdad, muchacho?

Apenas ahora Rafa nota que su boca está completamente seca. Se deja caer sobre una silla raquítica en una de las tres pequeñas mesas.

Afuera suenan las sirenas de la policía, pero las patrullas no pueden pasar por todos los autos que hay en la calle.

—Va a tardar, hasta que la chota aparezca por aquí —dice el hombre detrás de la barra, mientras llena hasta el tope dos caballitos con tequila.

Lleva las copas a la mesa.

El hombre junto a la barra los anima.

—Tomen, muchachos, no vaya a ser que le llenen de vómito su bonito bar a mi amigo Rudi.

—Va por cuenta de la casa —afirma Rudi.

Rafa toma la copa, también Latisha sigue la propuesta del hombre. Los dos empiezan a beber el tequila.

—Pónganse un poco de sal en la mano —dice el hombre junto a la barra—. Está sobre la mesa. Rudi, tráeles un limón partido, esto no se puede tomar así.

El dueño del bar va detrás de la barra, corta un limón, pone las rodajas en un pequeño plato, lo lleva a la mesa y señala hacia un pequeño salero de vidrio al centro de la mesa.

—¿Vieron todo lo que pasó por allá? —les pregunta el hombre de la barra, mientras que Rafa y Latisha se ponen sal en la mano.

—Yo no sé —dice Latisha en voz baja—. Yo no sé lo que vi.

—Los balacearon desde uno de los autos —explica Rafa—. Con pistolas. Yo lo vi cuando volteé. Vi el coche y hasta escuché los disparos, a pesar de los silenciadores. La mujer ya estaba en el suelo, cuando miré hacia atrás. El hombre todavía estaba parado frente a la casa, pero empezaba a resbalarse.

—¿Y cómo era el coche desde donde les dispararon?

—Estaba atorado en el tráfico —Rafa muerde un pedazo de limón.

—¿Tú crees que el coche todavía está allá afuera?

Rafa asiente y bebe un pequeño trago de tequila para pasarse la sal y el jugo de limón.

—Así es esto aquí, carajo. Los matones ya ni siquiera necesitan escapar.

—En esta guerra se puede todo —confirma el dueño del bar—. Desde hace tiempo ya no hay reglas. Es una ciudad de mierda, muchachos. Ustedes dos vienen de allá, ¿verdad?

—Del Paso —responde Latisha.

—Ah mira, Rudi, ya le regresó el color. Toma otro trago, muchacha. El tequila de Rudi es como una medicina para despertar los ánimos.

—¿Y qué hacen ustedes en esta zona? Pocos chavos de allá se pierden por aquí, a menos que tengan algo que ver con las drogas.

—Estamos buscando a un amigo —le explica Rafa al dueño del bar.

—¿Uno de allá?

Rafa levanta los hombros.

—Sí, es mi amigo —dice.

—¿Lo buscas porque se escapó?

—Así, más o menos.

—¿Es joven como tú?

Rafa asiente.

—Un poco más joven.

—Entonces olvídalo pronto. Esos chavos sólo vienen para acá con un propósito, y es porque quieren ganar mucho dinero rápido. Los mafiosos les dan trabajo. Aquí, la mayoría de los matones jóvenes son muchachos de origen mexicano que vienen de allá. Están más avispados que los muchachos de aquí. Son verdaderos matones. Eso les provoca todo lo gringo. Piensan que son norteamericanos y que tan sólo por eso están por encima de todos los demás. Eres un pinche norteamericano y piensas que te puedes coger a todo el mundo, porque eres más fuerte y más grande, y tienes un pistolón más grueso. Y sabes algo, los muchachos de origen mexicano como tú, que han crecido allá, siempre piensan que nosotros aquí abajo somos unos pendejos.

—Yo nunca he pensado eso —intervino Rafa.

—A la mejor tú no, pero yo veo a los demás que manejan sus coches de lujo y llevan la pistola debajo de la camisa. Se ganan los corazones de nuestras muchachas porque tienen dinero y porque ellas piensan que uno de esos se la va a llevar para allá, y que entonces podrán vivir con toda la mierda que los gringos necesitan para vivir. Yo nunca me iría para allá y eso que tengo dos hermanos que viven allá, y los dos tienen familia y lo más seguro es que hasta tengan hijos decentes.

El hombre de la barra toma un trago de su cerveza y se limpia la boca con el dorso de la mano.

—Los jefes de los cárteles y sus ayudantes no quieren que sus propios hijos hagan el trabajo sucio. Sus hijos van a buenos colegios y les enseñan buenos modales y respeto. Las hijas son bien educadas y en el coche se sientan junto a su papá cuando las lleva a clase de montar. Ésa es la diferencia entre los de allá y nosotros. Lo más seguro es que tu amigo ya sea un sicario. En lugar de andarlo buscando, deberías tomar a tu muchacha y regresarte ahorita mismo. Olvida a tu amigo, muchacho. Bórralo de tu memoria. Ya no existe, ¿entiendes? Como quien dice: es un muerto en vida que...

—Ya cállate con tu mierda, hombre —interrumpe el dueño del bar a su cliente.

—No es mierda, Rudi. Yo sé de lo que estoy hablando, ¡carajo!

—*Okey*. Toma, échate otra cerveza. Deja en paz a los muchachos. Cómo estás tan seguro de que su amigo es un sicario.

—¡Eso lo digo yo! —dice el cliente—. O, ¿por qué se fugó?

—A la mejor tiene una novia por aquí —responde el dueño del bar—. Por casualidad, ¿tu amigo tiene una novia aquí?

Rafa mira a Latisha.

—Ven —le dice—. Vámonos.

Rafa la toma por el brazo y la jala de la silla. Esta vez ella obedece.

Le dan las gracias al dueño del bar y se despiden de los dos hombres antes de salir. El sol había bajado hacia los techos de las casas del lado opuesto de la calle.

Cuando cruzan la calle, suena el celular de Rafa. La pantalla muestra el número de Lalo. El dedo de Rafa tiembla cuando oprime la tecla para responder.

—¿Rafa? —pregunta la voz de Lalo.

—Sí —contesta Rafa—. ¿En dónde estás? Todos te están buscando.

—Lo sé. Alguien me dijo que tú y la muchacha estaban aquí.

—Lalo, yo...

—¡Escúchame, Rafa!

—Lalo, yo...

—¡... que me escuches, carajo! Si andas husmeando por aquí, mi vida no vale ni un pinche centavo, ¿me entiendes? ¡Y la tuya tampoco! ¡Toma a la muchacha y desaparece! ¡Olvídame!, olvida que alguna vez existí, olvida lo que pasó. No regreses nunca más, ¡¿entiendes?!

—Lalo, vimos cómo una mujer y un hombre de la casa color rosa...

—Yo te puedo ver a ti y a la muchacha, Rafa. Veo cómo están cruzando la calle. Lárguense antes de que sea demasiado tarde. ¡Y jamás vuelvas para acá!

Rafa se queda parado en medio del embotellamiento y voltea. Su mirada vuela entre los coches, luego hacia el otro lado de la calle, en donde ya se ha formado un remolino de gente. Escudriña las fachadas viejas de las casas, busca en las ventanas donde se refleja el sol que poco a poco se oculta.

—¿En dónde estás, Lalo? —pregunta en voz baja como si alguien estuviera tan cerca que pudiera escucharlo.

Escucha un ligero *click*. La comunicación se ha interrumpido, pero Rafa no lo quiere aceptar.

—¡Dime en dónde estás, Lalo! ¡Lalo!

El celular queda en silencio. Rafa se lo quita de la oreja y oprime la tecla para colgar. Sigue buscando a Lalo, pero no lo puede descubrir.

Aunque ven un rótulo que dice HOTEL EL REY, esas palabras no le dicen nada a Rafa, salvo que es el nombre del hotel. Se voltea hacia Latisha. Ella solamente lo mira callada.

—Ése era Lalo —dice entrecortado—. Latisha, ése fue mi amigo Lalo.

Ella baja la cabeza. Suena la bocina de un coche, a pesar de que el tránsito no avanza. Rafa mira su celular, pero éste no vuelve a sonar. Lo mete en el bolsillo.

—Ven —le dice a Latisha—. Ya no tiene caso seguir buscándolo.

Cruzan la calle y apenas ahora se dan cuenta de lo mucho que se han alejado del coche de Latisha.

El sol se ha ocultado cuando por fin llegan. En la angosta calle están algunas patrullas de la policía que por rodeos llegaron a cien metros del lugar de los hechos.

Rafa y Latisha se suben al auto y se dirigen al cruce con la frontera hacia El Paso.

Cuando dejan atrás la frontera, los dos sienten como si hubieran despertado de una pesadilla.

—¿Me llevas a casa, Latisha?

Rafa la mira de lado y nota que las lágrimas le escurren por la cara.

Él estira la mano y toca suavemente su mejilla con los dedos.

LALO ESTÁ SENTADO sobre la cama, en el cuarto del hotel. Es viernes por la tarde, se escucha el ruido de la calle. Como ha llovido durante toda la tarde, el aire se siente húmedo y pesado.

El Pistolero llega para decirle que este primer encargo será sencillo para él si obedece las indicaciones y no comete errores.

—Lo matas en la tribuna principal del estadio de futbol —le explica el Pistolero—. Serán pocas personas. Padres de niños. Como nadie te conoce, van a pensar que eres pariente de uno de los pequeños jugadores, un hermano o tío.

Era necesario que fuera un asunto del cerebro, de sangre fría y estar dispuesto a soltar el primer disparo en el momento preciso.

—El momento preciso es aquel en que la víctima no percibe el peligro en que se encuentra —le había explicado el Cowboy durante el entrenamiento—; es cuando está distraído y ya no piensa quién es, ni que le puede pasar algo.

Tendría que suceder a una distancia mínima. Un solo tiro, acaso de un metro de distancia, cuando mucho desde dos.

—A lo mejor logras un disparo bien colocado —dice el Pistolero—. Así como lo practicaste las semanas pasadas con nosotros. Te sientas en la fila de atrás de él, lo tocas levemente en el hombro y cuando gire la cabeza le tiras la bala exactamente entre los ojos.

—¿Y si no voltea la cabeza? —pregunta Lalo.

—La va a voltear. Y si acaso no voltea, le metes la bala por atrás, en la nuca. En realidad, da lo mismo, de adelante por la frente, o de atrás por la nuca, el efecto es el mismo.

El Pistolero había planeado la maniobra, como él la llamaba, hasta el mínimo detalle. No había lugar para errores. El riesgo de que de todos modos sucediera algo imprevisto, era bajo.

El único peligro podía venir del guardaespaldas de Harry. Jairo acompañaba a su jefe a todas partes, mientras otros matones vigilaban su terreno y la casa. Algunas veces eran sólo dos o tres, otras más de media docena. Iban con él en el coche. Seguían su auto con un buscador.

El sábado, cuando Harry veía jugar a su hijo, por lo general sólo estaba Jairo con él.

Ni Lalo ni el Pistolero tenían que temer algo de la policía. De los más de dos mil asesinatos que se habían perpetrado en Ciudad Juárez durante el último año, aún no se había aclarado ninguno.

—Los policías son mis amigos —le aseguró el Pistolero a Lalo, cuando éste le preguntó si el estadio no era vigilado por los federales o la policía de la ciudad.

—Todo está arreglado. Lo más seguro es que en nuestra ciudad no haya ningún policía que se resista al soborno. Nosotros los compramos una vez y la siguiente los otros. Ya he visto que unos les entregan a otros una parte del dinero, para que se callen. ¿Sabes cómo se llama eso, muchacho? A eso se le dice corrupción. Aquí todos son corruptos. Hacen como si no lo fueran, pero todos lo son.

—Porque son pobres.

—Así es, viven con sus hijos en casas pequeñas y sueñan con un futuro mejor, con un carro de lujo, con ir a la playa. ¿Y sabes con qué sueñan todos ellos? Sueñan con ir al Norte algún día, a los Estados Unidos, porque allí está el paraíso, comparado con lo que hay aquí, que es el infierno.

—Allá no está el paraíso —responde Lalo.

—Pero tampoco el infierno. Aquí es el infierno, Ciudad Juárez es el infierno. Aquí tienes un sueño y cuando despiertas estás muerto. Eso sólo puede suceder en el infierno, en ningún otro lugar.

Lalo sonríe, pero no dice nada. No quiere contarle, de su madre, al Pistolero cuando estaba muerta en la cama junto a él.

—El Cowboy me aseguró que eres uno de los mejores tiradores que han sido adiestrados por nosotros para matar —dice el Pistolero—. Por eso estoy seguro de que nada va a fallar.

Se levanta y camina hacia la puerta del cuarto de hotel en el que Lalo se había acuartelado desde algunos días atrás. Se da la vuelta. Observa a Lalo con una mirada examinadora.

—¿Hay algo más que todavía me quieras decir, Tercero?

Lalo no lo piensa por mucho tiempo. Niega con la cabeza.

—Todo en orden —dice con voz segura.

—Bueno. Nada de errores, ¿entiendes? Tienes que estar concentrado.

—No hay problema.

—*Okey*. Si fallas, te mueres.

—No hay problema —Lalo reafirma su convicción de hacer todo correctamente.

—El primer disparo cuenta, muchacho. Te va a hacer fuerte o te destruirá. Si atinas, la próxima vez todo va a ser mucho más fácil.

—Yo le voy a atinar —dice Lalo calmado. Mira la pistola en su mano.

—Pero piensa que hay mucha diferencia entre atinarle a un blanco durante el entrenamiento y tirarle a un hombre directamente entre los ojos, desde un metro de distancia. Eso se puede practicar, pero en el momento en que es en serio, puedes tener dudas. Y esas pueden ser mortales, ¿entiendes?

Lalo coloca la pistola debajo de la almohada y toma el control de la televisión. Sin encender la televisión, empieza a teclear.

—¿Conoces todos los detalles, Tercero?

—Ya los sé —dice Lalo.

—Bien, entonces ya me voy —dice el Pistolero—. Mañana nos vemos a las siete en punto. Tomas un taxi a la estación de autobuses. De allí tomas otro taxi al Parque Borunda. Nos vemos en la entrada del parque. Te subes y vamos al estadio de futbol. El juego empieza a las nueve.

—*Okey*. Está claro.

Lalo oprime la tecla de encendido del control cuando el Pistolero cierra la puerta detrás de sí.

Un segundo más tarde, la vuelve a abrir.

—No olvides cerrar, muchacho, para que no tenga yo que hacer todo solo mañana.

Lalo se levanta, va a la puerta y corre el pasador cuando el Pistolero sale.

Abre su mochila y saca una bolsa de plástico en la que guarda un poco de *crystal meth* y un pedazo de papel aluminio.

Coloca un poco del polvo rosa sobre el aluminio y lo calienta con su encendedor de gas. Su corazón se acelera mientras espera que el polvo se disuelva. Pocos minutos después, Lalo se inclina sobre la hoja e inhala los vapores.

Pocos segundos más tarde nota la reacción.

Una sensación de euforia que lo acompaña durante la noche, que puede aguzar sus sentidos y quitarle el miedo. Darle seguridad.

Cuando el polvo derretido se evapora, Lalo ya no es Lalo. Ahora, es Tercero, un superhéroe.

Se cumplía su gran sueño. Ahora era Superman.

Esa noche no duerme ni un segundo. A media noche se fuma un porro. Un poco más tarde calienta otro poco del polvo. Inhala profundamente.

Algunos minutos después de que empieza el efecto, su corazón empieza a latir como bárbaro. Se lleva a Lalo a todo galope. Un caballo negro con la crin al vuelo.

Cae de vuelta sobre la cama.

En su frente surge el sudor, pequeñas perlas escurren sobre la piel desnuda hasta la camiseta. La sábana se moja. Entonces, se sienta. El aire del ventilador roza su piel dándole una sensación helada.

Esta sentado casi una hora a la orilla de la cama inclinado hacia el frente. Su corazón late cada vez más de prisa, pero parece que ya no bombea sangre a través de sus arterias.

Lalo empieza a sentir frío.

Regresa el miedo. El miedo de morir en este pequeño y sucio cuarto de hotel.

Lalo se levanta. Pierde ligeramente el equilibrio y tiene que apoyarse en la orilla de la cama con una mano.

Después de algunos minutos se tambalea rumbo al baño y se para debajo de la regadera.

Se baña con agua caliente hasta que siente que su piel empieza a arder. En el cuarto, se cubre con una frazada y enciende la televisión, transmiten una película vieja en blanco y negro.

Lalo oprime la tecla de silencio. Tiene la vista clavada en la pantalla.

Un hombre le habla con insistencia a una mujer. La mujer lleva un sombrero grande. Empieza a llorar. Cuando intenta evitar que el hombre se vaya, cae sobre sus rodillas. Se agarra del pantalón del hombre. Él dice algo y empuja a la mujer, se da la vuelta y abandona el cuarto. La mujer se dobla sobre el piso.

Lalo cambia a otro canal. Una mujer desnuda y un hombre desnudo están acostados sobre una cama. El hombre besa los pechos de la mujer.

Cuando amanece, Lalo todavía está sentado frente al televisor.

Tira el cobertor hacia un lado y va al espejo.

—Estoy listo —dice.

Su reflejo sonríe.

—Estoy listo —repite.

EL CAMPO DE FUTBOL está en el Estadio 20 de Noviembre, frente al Parque Borunda. La ciudad crece como un tumor alrededor del parque y del estadio de futbol; se extiende sin límites precisos hacia el sur, este y oeste, pero no hacia el norte, pues allí, en el Río Grande, está la frontera que pone límites a su ensanchamiento.

Ciudad Juárez es una ciudad colorida, ruidosa, muy distinta de El Paso. Aquí se ve la pobreza por todos lados. Para la gente que visita México, las chozas y casas pobres, a lo largo de calles con baches, son parte de la exótica distinción de México. Lo mismo sucede en el bullicioso centro de la ciudad, con sus restaurantes y bares, con la iglesia vieja, elevada por los lugareños al rango de catedral. Muy similar es el mercado Cuauhtémoc, el Parque Borunda y el estadio de futbol con su cancha casi sin pasto, la pista para correr y las gradas techadas.

Todo esto luce descuidado. Sólo quien conoce muy bien Ciudad Juárez sabe de algunos oasis escondidos en el centro, la parte más antigua de la ciudad en donde parece que el tiempo se detuvo desde hace cien años o más.

En las afueras de la ciudad, donde terminan las casas y la mayoría de las calles, hay caballos y reses parados bajo los rayos del sol. A pesar del calor buscan pasto, comen incluso cactáceas y las ramas con espinas de los pocos árboles y arbustos que fueron capaces de sobrevivir a cambios de temperatura y condiciones climáticas extremas.

Algunos vaqueros, *cowboys*, cabalgan por todos los llanos como si se hubieran extraviado y hubieran aparecido en esta época moderna.

Los niños juegan a la sombra de pequeñas chozas junto con perritos y cerdos. A la orilla de la calle, una cabra está atada a un palo. La ropa de muchos colores está colgada al sol, en menos de media hora está seca. Los coches van de aquí para allá, de ningún lado a ningún lado. Un jinete, que parece ser uno con su caballo, atraviesa a galope un cruce de calles y desaparece entre las casas. Un hombre dice maldiciones debajo de su auto. Un vecino está matando una cabra. En algún lugar hay una fiesta de cumpleaños y los niños golpean con un palo la piñata, hasta que se rompe, los dulces caen ante los gritos de los niños.

Es un lindo día. Sábado. Para Ciudad Juárez un día común. Durante la noche de viernes a sábado, murieron catorce hombres.

Cuatro de ellos en el bar El Centro. Dos en una bodega a la orilla de la ciudad. Dos sobre el camellón de una avenida que lleva a las afueras de la ciudad. Uno sobre un terreno polvoso. Dos en el patio trasero de un restaurante y dos sobre el espacio frente al mercado cuando esperaban un taxi, y uno en el basurero municipal.

El único que pudo ser identificado de inmediato fue un hombre conocido por su apodo, el Sapo, y que en realidad se llamaba Ernesto Díaz. Se sabía que desde tiempo atrás estaba en una lista de los que serían eliminados.

La mayoría de los catorce hombres realmente fueron ejecutados, algunos de ellos acribillados desde autos en movimiento.

Por la mañana, los cadáveres siguen en el mismo sitio donde fueron abatidos.

Los policías están parados alrededor y se miran desconcertados. No hay testigos. No hay huellas. Mucha sangre. Balas dentro de los cuerpos inflados y en las cabezas perforadas.

Los rayos del sol caen sobre la ciudad. A los muertos los meten en bolsas negras y se los llevan las ambulancias. Lavan la sangre del asfalto para evitar las moscas. Lo que queda son unas marcas con gis.

La gente sigue su camino. Nadie se detiene a mirar. Nadie quiere ver algo, nadie quiere saber algo.

La gente está agradecida de que con la luz del día vuelven algunas horas de tranquilidad. La mayoría olvida rápido, olvidan que en esta ciudad desde hace decenios hay guerra. Es una guerra sin una línea de fuego, sin piedad, sin perdón.

Sólo cuando los soldados pasan lentamente en los Jeeps frente a las casas, las personas recuerdan que nunca están seguras de seguir con vida. Y cuando en el poniente el cielo se tiñe de rojo como la sangre, y las primeras estrellas empiezan a brillar, se esconden en sus casas, atrancan las puertas, cierran las cortinas y encienden la televisión.

Hace mucho que aprendieron a vivir con miedo. Cuando escuchan disparos, ya ni siquiera se agachan. Cuando aparecen policías, los miran con recelo. Cuando hay soldados cerca, se ocultan en sus casas.

Esta guerra no es suya. Es la guerra de los políticos y funcionarios sin escrúpulos, como casi cualquier guerra, no importa en qué lugar del mundo. Y es la guerra de los cárteles de la droga, de la mafia, y tampoco esto es diferente a otros lugares del mundo. También aquí, en Ciudad Juárez, los funcionarios corruptos, los políticos corruptos, los jefes de la droga y sus matones, todos ellos trabajan mano a mano.

La mayoría de la gente desea que haya paz. Pero al mismo tiempo, también sabe que ese deseo no se cumplirá. Las drogas, las armas y los hombres son un gran negocio. Ciudad Juárez no tendría futuro sin drogas, sin políticos, sin los jefes de las drogas, sin los contrabandistas y los matones.

Y la gente sería más pobre. Los niños tendrían aún menos que comer.

Lalo entra al estadio a las nueve en punto. Echa una breve mirada alrededor. Ojea las gradas vacías, pero no puede encontrara al Pistolero por ningún lado. Y sin embargo sabe que por allí anda. Observando desde algún sitio de las amplias gradas, listo para entrar en acción, en caso de que Lalo cometa algún error.

Nadie se fija en Lalo.

Las personas, que vienen a ver jugar a los *junior*, están sentadas en las primeras filas de las gradas, detrás de la pista.

El espacio está dividido en dos mitades, así cada una de ellas resulta en una cancha pequeña para los niños.

Por eso cuatro equipos pueden jugar al mismo tiempo. Las porterías son pequeñas y las esquinas de los dos campos están marcadas con conos de plástico de color anaranjado. Las líneas de fuera, el círculo central, los puntos para el penal y el límite del área penal apenas se distinguen.

Lalo no tiene que buscar a Harry Ortega. El jefe de la policía de uno de los suburbios de Ciudad Juárez está sentado hasta abajo, lleva puesta una camisa blanca como la nieve, recién planchada, con corbata, un pantalón de casimir y zapatos a la moda.

Zapatos italianos, piensa Lalo.

El día anterior, durante su visita, el Pistolero le mostró varias fotografías de Harry.

Mientras Lalo se acerca lentamente por detrás al hombre que debe matar, éste le parece más corpulento que en las fotos.

Quizá esto también se debiera a que había colocado su brazo izquierdo alrededor de los estrechos hombros de una joven que está sentada junto a él. Ella trae un vestido con flores blancas y lleva una flor de seda de color rosa mexicano en su brillante pelo negro, que le cae largo sobre los hombros.

La presencia de una muchacha tan cerca de Harry descontrola a Lalo.

El Pistolero nunca la mencionó. Sólo explicó que algunas veces llevaba a su otro hijo, a Diego, de dieciocho años, que estudia la universidad en El Paso. ¿Quién es la muchacha?

Lalo se sienta en la fila de arriba, a unos veinte pasos de distancia de Harry. Jairo, el guardaespaldas, está sentado a la izquierda de Harry, come cacahuates de una bolsa.

Los juegos ya empezaron, dos partidos al mismo tiempo. Los niños corren detrás de la pelota, a veces hacia una dirección, o a la otra. El hijo de Harry es el muchacho que lleva el diez sobre la espalda, una playera rayada de color azul claro con blanco, *shorts* blancos y espinilleras blancas. El muchacho se ve bien. Está muy atento. Es el mejor jugador del equipo. Mete el primer gol para su equipo. Cuando el balón está en la red, se da la vuelta, atraviesa corriendo todo el campo y saluda a su padre.

La joven junto a Harry se levanta.

—¡Vamos, Antonio! ¡Ándale! ¡Ándale! —grita hacia la orilla de la cancha y aplaude.

Jairo le dice algo a su jefe. Harry asiente. Los padres de los compañeros de equipo, lo felicitan. Él acepta los halagos con una sonrisa.

—Tu hijo es el mejor —dice uno de los papás—. Algún día va a ser como Hugo Sánchez, va a jugar por México.

—Es todo mi orgullo —le contesta Harry.

Su hijo también tira el segundo gol, y el cuarto. El equipo contrario no tiene posibilidad de darle la vuelta al partido, aunque en ese instante anotan y disminuyen la ventaja.

Lalo se levanta de su asiento y aplaude. Así lo habían acordado.

—Muy bien, Carlitos —grita hacia el campo. El Pistolero le había dicho que a uno del equipo contrario le dicen Carlitos.

Desde las gradas, los espectadores les echan porras a sus hijos, que juegan repartidos en dos canchas. Todos aplauden y reclaman al mismo tiempo, y tratan de gritar más fuerte entre un caos de voces.

—¡Quédate adelante, Carlitos! —grita Lalo—. ¡Ándale, mete un gol!

La muchacha junto a Harry voltea y lo mira por encima del hombro. Lalo le sonríe. Es muy bonita. Tendrá unos trece años, una cara tersa de color café y ojos oscuros.

A lo mejor es la hija de Harry, piensa Lalo. *Se le parece.*

En ese momento, Harry se da cuenta de que la joven está volteando. Gira la cabeza en dirección a Lalo. Éste levanta los hombros como disculpándose porque aplaudió al gol del contrario.

—Carlitos es mi primo —dice. Ahora también Jairo lo voltea a ver, con la bolsa de los cacahuates en la mano izquierda. Observa a Lalo con desconfianza, pero no lo reconoce. Lalo deja de aplaudir.

—Es mi primo —vuelve a decir.

—Tu primo juega bien —dice la muchacha.

—Gracias —contesta Lalo con amabilidad.

Lalo se sienta, mira el juego sin percibir nada en realidad.

Con inquietud espera el silbatazo de medio tiempo.

No falta casi nada: dos, tres minutos. Mientras tanto, el Pistolero debe haberse colocado en su posición. Lalo estuvo tentado a buscar en dónde se encuentra, pero el Pistolero le había advertido que no lo hiciera.

—Tú solamente miras el juego, chavo. No pienses en otra cosa más que en el medio tiempo, Harry se va a levantar y va a pasar junto a ti para bajar a la cancha y hablar con su hijo. Tiene que pasar junto a ti. Ése es el momento en que lo tienes que matar.

Lalo nota que su corazón se acelera un poco. Y también se da cuenta de que sus manos se humedecen. Con disimulo las limpia en su pantalón.

No anotan ningún gol más.

El marcador va cuatro a uno cuando el árbitro silba para el término del primer tiempo.

Los jugadores van a la orilla de la cancha, donde los reciben sus entrenadores. Hay agua para beber y plátanos para comer. Los entrenadores hablan con sus jugadores.

Diego, el hijo de Harry, pela un plátano y mira hacia donde está su padre. Su padre lo saluda con la mano, mientras camina a lo largo de la fila de asientos hacia el pasillo.

En ese momento, Harry Ortega sólo es papá. Ya no es un jefe corrupto de la policía. Toda su atención está centrada en su hijo. Quiere estar pronto abajo, a la orilla de la cancha para decirle a su hijo lo orgulloso que está de él. Quiere darle un beso, cuando nadie lo vea.

Lalo se levanta de su asiento. La muchacha sigue al padre y estira la mano. Harry toma a su hija de la mano.

Lalo está parado en su lugar, como si tuviera raíces. Sobre su frente brilla el sudor. Por un instante, todos sus pensamientos revolotean en un caos dentro de su cabeza como palomillas a la luz de un foco. Su corazón golpea como loco, como si quisiera reventar.

Jairo es el primero que pasa frente a él. Lalo nota que está desprevenido. Ni siquiera se fija en Lalo. Cuando llega a la escalera, le dice a Harry que va por helado.

—*Okey* —dice Harry—, trae nieve de limón para Mariela.

Harry da el siguiente paso. Ahora está directamente enfrente de Lalo. Lalo lleva su mano debajo de la camisa a la empuñadura de la pistola que trae en la cintura.

Jairo ve que la mano de Lalo desaparece debajo de la camisa. Mientras se da la vuelta para caminar hacia la salida, donde está el puesto de salchichas y el carrito del vendedor de helados, mueve su mano hacia la pistola que trae en la cintura, del mismo modo que Lalo.

—*Fucking bastard!* —grita, mientras se da la vuelta.

En ese instante caen disparos de una AK-47, que el Pistolero lleva en las manos. Las balas le dan a Jairo antes de que pueda disparar. Los proyectiles pesados lo tiran escalera abajo y va a dar contra la cerca de la cancha.

Con toda calma, Lalo levanta su pistola, la coloca en la nuca de Harry Ortega y jala el gatillo.

Harry se desploma como si le hubiera caído un rayo, al mismo tiempo arrastra consigo a la joven.

Por unos segundos, Lalo ve los grandes ojos de la muchacha llenos de terror y su boca abierta para gritar. Pero no surge ningún sonido de sus labios cuando cae junto a su padre.

Abajo, en el campo, los niños gritan mientras huyen para refugiarse en los brazos de sus madres y padres.

Un hombre, que había pasado desapercibido para Lalo, saca su pistola y empieza a disparar. Una bala le da a Lalo, cuando corre a lo largo del pasillo hacia la salida. Lalo se tambalea unos pasos, casi pierde el equilibrio, y se golpea contra un muro. Todavía lleva la pistola en la mano. Por el pasillo, ve caminar al hombre que le disparó desde la orilla de la cancha. Lalo le apunta con la pistola y dispara. Al hombre se le doblan las rodillas y cae de frente bocabajo.

Tambaleándose, Lalo baja las escaleras y va hacia la salida. Algunos padres que se dirigen hacia la entrada del Parque Borunda con sus hijos, lo miran espantados y le dejan pasar.

Un hombre toma en sus brazos a su pequeña hija y le oprime la carita contra su hombro, para que no vea a Lalo. Nadie intenta detenerlo.

Con la pistola en la mano, Lalo corre calle abajo.

En la siguiente esquina se encuentra con el Pistolero, quien va en su camioneta negra, la acerca a la banqueta y abre la portezuela de lado.

—¿Puta madre, estás herido? —le grita a Lalo cuando ve la sangre en su mano.

Lalo estira su mano libre hacia la puerta para subirse al coche que avanza lentamente, pero el Pistolero toma el arma que tiene muy cerca. Sin detenerse un instante, la dirige a Lalo.

—¡Pinche pendejo! —espeta—. Un tipo como tú no puede estar con nosotros. ¡No podemos usar a un sicario herido! Es una ley no escrita. ¡Vete al infierno!

El Pistolero le dispara. Desde una mínima distancia, la bala hiere a Lalo en el pecho.

Tan fuerte es el impacto que lo lanza hacia atrás sobre la acera. Allí queda Lalo, en el suelo. Cae un segundo disparo, pero esa bala sólo le pasa rozando.

Lalo se levanta, mientras la camioneta negra con las llantas rechinando da vuelta en la siguiente esquina. Pero cuando se pone de pie apenas consigue mantener el equilibrio, da de tumbos como un borracho.

El dolor lo hace doblarse. Se tambalea hacia una barda medio caída que rodea un terreno baldío.

Lalo golpea con el hombro derecho la barda. A pesar de que por el dolor casi pierde la consciencia, se da cuenta de que la pistola se le ha caído de la mano. Se detiene, se arrodilla y la levanta del suelo.

Cuando oye la sirena de una patrulla, sigue hasta el fin del muro, atraviesa el terreno baldío y se dirige hacia un paso que hay entre dos casas.

Sus pies se atoran en un tramo de alambre de púas. Cae de bruces sobre un matorral lleno de espinas. Después, cae de golpe sobre el suelo, tiene polvo en la boca y el polvo huele a sangre.

Los federales pasan por la calle, tres patrullas seguidas. Sus luces destellan. El sonido de las sirenas provoca un ruido infernal.

Lalo queda tirado sobre el piso. Su corazón late como loco y lleva el dolor a todo su cuerpo. Le duele cada una de sus breves aspiraciones.

Cuando quiere levantarse, se da cuenta de que no tiene suficientes fuerzas. Empieza a gatear para alcanzar una cerca de malla, que en una parte está rota casi hasta el suelo.

Allí, entre algunos arbustos y a la sombra de una morera están parados un niño y una niña.

Ellos lo miran con los ojos muy grandes, abiertos por el miedo que les provoca verlo, sin poder moverse y mucho menos salir corriendo.

Lalo sigue a gatas hacia el hueco en la cerca. Al querer pasar por encima de los alambres sus *jeans* se atoran en uno de ellos. Intenta zafarse, pero no lo logra.

Con el dorso de la mano se limpia la sangre de la boca.

—Ven, chavo, ayúdame —dice jadeando.

Los niños no se mueven de su lugar.

Lalo intenta sonreír, pero mantiene la pistola en la mano.

—¡Ayúdenme! —les insiste.

El niño menea la cabeza y toma de la mano a la niña.

—No les voy a hacer nada —les dice Lalo—. ¡¿No ven que necesito ayuda?!

El niño vuelve a menear la cabeza, mientras retrocede un pequeño paso y jala a la niña.

Desde una de las casas cercanas, una señora empieza a llamar a los niños.

—¡Manu! ¡Rosa!, ¿en dónde andan? ¡Vengan para acá!

Los niños se dan la vuelta y salen corriendo. Lalo se libera del alambre. Al hacerlo, rompe su pantalón. Cuando se incorpora, ve que la mujer camina por la cerca hacia él. Es joven. Joven como había sido su madre cuando lo dio a luz.

La mujer se queda parada cuando lo descubre junto a la cerca. Lo mira como si el infierno lo hubiera escupido.

—Yo, yo no les hice nada a sus niños —le asegura Lalo jadeando.

La mujer alza las manos y las estira hacia él como conjurándolo.

—¡Vete! —le gruñe—, ¡desaparece!

—Ayúdeme, señora —le ruega Lalo.

—Vete, antes de que llame a mi marido. Te mataría a tiros como a un perro rabioso.

Lalo se dobla. De su boca brota sangre. Intenta levantarse, se arrodilla y cae de frente.

La señora le ayuda a ponerse de pie, pero se retira de inmediato, cuando logra pararse.

—Rece por mí, señora —dice Lalo en voz tan baja que ella apenas lo entiende.

—¡Vete! —le ordena.

Lalo se da la vuelta y camina dando de tumbos. Atraviesa el terreno vecino, pasa entre dos casas de adobe y sale a la calle. La atraviesa. Y también la siguiente.

Por poco lo atropella uno de los coches que pasa. El conductor le grita una mentada, pero la demás gente con la que se encuentra actúa como si no lo viera.

Nadie quiere tener algo que ver con él, nadie se quiere involucrar. Durante los últimos diez días, han sido asesinadas más de cien personas en Ciudad Juárez, la mayoría durante la oscuridad de la noche. En bares, en las calles, en sus coches y en sus casas.

Son los muertos de una guerra que ya ha durado mucho tiempo; tanto que en esa ciudad casi nadie recuerda noches en las que no caigan disparos.

Los policías de la ciudad, los federales y soldados, van al estadio en camionetas. Allí encuentran cuatro personas tiradas, completamente bañadas en sangre.

Harry es uno de ellos. Jairo el otro. El hombre que le disparó a Lalo también está tirado sobre el piso, sin moverse, con la cara hacia abajo. Alguien lo cubrió con una chamarra sucia. Uno de los jugadores, un pequeño niño intenta que reaccione, le habla pero el hombre ya no lo escucha.

Y allí donde cayó Harry, también está tirada su hija Mariela. Aún respira, pero el vestido blanco está lleno de manchas de color rojo oscuro. La joven tiene los ojos cerrados. Alguien intenta alejar a Mariela de su padre muerto. Pero ella se aferra a su mano como si nunca más lo fuera a soltar.

Una mujer lleva al hijo de Harry a su propio automóvil. El niño quiere saber por qué el juego terminó.

—¡Ustedes ganaron! —dice la mujer con énfasis—. Tú jugaste muy bien, Diego. Fuiste el mejor, metiste tres goles.

—Uno para mi papá —le dice Diego—. Y uno para mi mamá. Y luego otro para Mariela.

Ahora, el niño quiere saber quién disparó.

—Alguien, cualquiera —le responde la mujer.

—¿En dónde está mi papá? —Diego voltea a ver la entrada del estadio.

—Él va a llegar más tarde —dice la mujer—. Yo te llevo a tu casa.

SÁBADO POR LA MAÑANA. Afuera hace un calor sofocante. Rafa está acostado sobre su cama. Tiene la mirada fija en el techo. El ventilador está apagado, pero le llega aire fresco por las ranuras para la ventilación que están encima de la puerta.

La televisión está prendida, pero en silencio. A veces Rafa voltea para verla. Transmiten un partido de futbol. Él recuerda a Kaká, el chico que murió por una bala. También piensa en el Gato, pero la mayor parte del tiempo piensa en Lalo.

Rafa se puso el celular sobre el pecho. Espera que por fin suene, y cuando en verdad suena, se asusta.

Es Latisha.

—Hola, Rafa, ¿qué haces?

—Nada —contesta él y trata de que no se dé cuenta de su decepción porque es ella y no Lalo.

—¿Pensabas que era Lalo? —pregunta Latisha de todos modos.

—No.

—Quería llamarte antes, pero pensé que a la mejor estabas esperando una llamada de Lalo.

—Tú puedes llamar cuando quieras, Latisha, ¿en dónde estás?

—En la ciudad.

—¿Y qué haces?

—Fui a la biblioteca. Y luego estuve en la policía.

—En la policía, ¿por qué?

—Allí me encontré con Loretta.

Rafa se incorpora.

—Yo quería saber si podemos hacer algo, Rafa. Yo sé que tú no vas con la policía porque piensas que al hacerlo te volverías un traidor.

—¡La policía no puede hacer nada por Lalo!

—Eso lo sé. Pero, tenía que intentarlo.

—¿Les dijiste que estuviste conmigo del otro lado?

—No, a ti no te mencioné para nada. Yo sólo quería saber si nuestra policía puede tener alguna influencia en lo que está sucediendo en Ciudad Juárez.

—¿Y?

—La respuesta fue "no". Si Lalo trabaja para uno de los cárteles de droga, está perdido. Hablé con el detective Burton Mills. Él conoce muy bien la situación del otro lado. En varios casos ha intentado trabajar junto con la policía mexicana, pero no ha funcionado. Dice que en ningún país del mundo la situación es tan mala como en México, ni siquiera en Colombia. Tan sólo ayer en Ciudad Juárez mataron a catorce hombres.

—Yo lo vi en las noticias. Cuatro de ellos fueron acribillados en el bar donde estuvimos.

—Es increíble, Rafa. Asesinan a miles, y nadie puede hacer algo para frenarlos. Mills me dijo que hay más de cinco mil soldados pero que no pueden hacer nada en contra de los cárteles de las drogas.

—Porque no quieren.

Latisha no responde. Ella misma sabe lo que sucede en México, y que la corrupción ahí no puede frenarse.

—¿En dónde estás ahora?

—Cerca de ti. Pensé que si me quieres ver, voy por ti y podemos ir a alguna parte.

—¿A dónde?

—A cualquier parte.

—No sabría hacia dónde.

—Bien, entonces nos quedamos en tu casa.

—¿Aquí?

—Sí, ¿por qué no? Pero sólo si tú quieres, Rafa.

—Yo sí quiero, pero...

—Rafa, ¿qué pasa?

—Tengo que colgar. Alguien está tratando de llamarme.

—Bien, en unos minutos estoy contigo.

—*Okey.*

El número en la pantalla es el de Lalo. Rafa siente cómo su corazón empieza a latir más rápido. Oprime la tecla de recepción y coloca el celular en su oreja.

—¿Rafa?

—¿Lalo, eres tú? Te escucho muy mal —un quejido llega al oído de Rafa—. Lalo, ¿en dónde estás?

—Rafa, me muero.

—¡Carajo, no chingues!, ¡dime en dónde estás!

—Tú... tú no debes... no debes maldecir.

—¡Lalo, dime, en dónde estás!

Rafa escucha sonidos que le hielan la sangre. Parece como si a Lalo se le hubiera atorado algo en la garganta, algo que trata de sacar sin lograrlo.

—¡Lalo!

—Estoy... —una tos jadeante no le permite seguir hablando.

—¡Lalo!, ¿estás de este lado de la frontera o abajo, en México?

—En... Juárez. La iglesia, Rafa, la iglesia...

—¿Estás en la iglesia? ¿En cuál?

—Ignacio.

—¿En la iglesia de San Ignacio? ¿Aquella, en donde estuvimos?

—Sí.

—¿Y qué pasa contigo?, ¿estás herido?

—Sí.

—¿En dónde?

—No... sé. Me duele por todas partes. En el pecho. En la panza. En las piernas. En todos lados.

—¿Estás solo? O hay alguien por allí, que te pueda... ¡Tienes que pedir ayuda, Lalo! Alguien te va a oír.

—Se acabó. Todo se acabó. Yo sé que voy a morir.

—¡Tú no te mueres! ¡Espérame!, ¿me oyes? Latisha va a llegar ahorita. Nos vamos juntos, cruzamos la frontera y en veinte minutos estoy contigo. ¿Puedes aguantar, Lalo?, ¿veinte minutos?, ¿puedes aguantar?

—Estoy sangrando mucho. Todo el piso está lleno de sangre. Todo está lleno de sangre. Creo que me estoy desangrando.

Lalo gime.

—¿Sabes cuánta sangre tenemos, Rafa?

—Es más de lo que crees. No creo que se desangre uno tan rápido. Voy a salir a la calle y cuando llegue Latisha vamos a la farmacia y compramos vendajes.

—*Okey* —dice Lalo jadeando—. *Okey*, voy a tratar de aguantar hasta que llegues, pero estoy cansado. Estoy tan cansado que se me cierran los ojos.

—No me cuelgues, Lalo. Yo hablo contigo, ¡¿me escuchas?!

—Estoy cansado.

—Ahora estoy saliendo. Debería avisarle a Loretta lo que está pasando, pero no lo voy a hacer. Sólo por eso, debes aguantar o yo voy a ser el culpable de todo si te mueres o algo así.

Lalo vuelve a toser.

—¿Escuchas la grava debajo de mis pies? Estoy caminando hacia el zaguán. Asómate a la ventana...

—Ya lo hice. Loretta no está allí. Parece que no hay nadie en la oficina.

—Dile que lo siento.

—Eso lo sabe, sin que yo se lo tenga que decir.

Lalo no contesta.

—¡Lalo!

—Me siento muy cansado para hablar.

—Entonces acuéstate. ¿Te puedes acostar allí, Lalo?

—Ya estoy acostado. Detrás del altar de San Ignacio.

—¿Hay alguien más en la iglesia?

—Una viejita. Encendió una vela y está rezando.

—¿Te vio?

—No, sólo prendió la vela.

—Lalo, ya estoy en la calle. Ya viene Latisha. Si hay poco tránsito en la frontera, necesitaremos menos de veinte minutos. En Walgreens compramos lo que necesitamos para vendarte y unas pastillas. Luego te pasamos por la frontera. La mamá de Latisha seguro va a saber qué hay que hacer con tu...

De pronto, Rafa deja de hablar... porque la comunicación se interrumpe después de un fuerte ruido, escucha muchos golpes.

—¡Lalo! —grita.

Luego una vez más. Y de nuevo, pero ya no recibe respuesta.

Mientras tanto, Latisha detiene su Mitsubishi Colt a la orilla de la calle. Lalo corre hacia ella, con un jalón abre la portezuela y se arroja sobre el asiento de al lado.

—¿Lalo? —pregunta ella.

—¡Tenemos que ir por él, Latisha! —clama Rafa—. Apúrate. Al Walgreens más cercano. Necesitamos vendajes y unos analgésicos fuertes.

Latisha mete primera.

—Bien, ¿en dónde está?

—En una iglesia en Juárez. ¡Maneja de prisa!

Rafa marca al celular de Lalo. La línea está ocupada.

—Deberíamos llamar a la policía —insiste Latisha.

—¡No!, ¡no Latisha! Le prometí a Lalo que ni siquiera a Loretta le iba a decir algo.

—Eso no está bien. Parece que tu amigo está en un gran problema.

—Está vivo. Estará vivo hasta que yo esté con él. Y cuando esté con él, lo voy a ayudar. No lo dejaré morir así nomás. Allá enfrente está Walgreens.

El semáforo, en el cruce al que se van acercando, cambia a amarillo.

—¡Síguete! —ordena Rafa.

Latisha pisa el acelerador y atraviesa el crucero cuando el semáforo ya está en rojo. Del otro lado, cuando doblan en la entrada de la farmacia, por poco atropella a un peatón con su pequeño coche.

Rafa está desesperado e intenta restablecer la conexión con Lalo, pero no lo consigue.

Apenas se estaciona Latisha, cuando él salta hacia afuera y corre hacia la entrada. Las pocas personas, que están en la farmacia, lo miran sorprendidas, cuando atraviesa corriendo la tienda hacia un estante con vendajes.

Toma varios rollos y va rápido por los analgésicos, toma un frasco de la tabla, corre al estante con los ungüentos, toma dos tubos y vuelve de prisa a la caja, donde Latisha ya tiene su cartera a la mano.

Salen uno detrás del otro, suben al auto y se dirigen hacia el oeste hasta el puente sobre el Río Grande.

Cuando están atravesando el puente, llueve a cántaros. Los truenos se desplazan con gran estruendo a lo largo del río. Los rayos caen sobre Ciudad Juárez.

Latisha acciona el limpiaparabrisas.

El celular de Rafa suena.

—¿Rafa?

—¡Lalo!, ¿estás bien?

—Se me cayó de la mano.

—¡Apriétalo fuerte contra tu oído, ¿me escuchas?! Aquí sigo contigo. Acabamos de cruzar la frontera. En unos minutos estamos contigo.

—No creo que lo logre, Rafa. Estoy muy cansado.

—¡Demasiado cansado! No, no te des por vencido, ¡carajo! ¡Tú no estás muy cansado! Estás cansado, pero no *muy* cansado.

—Tengo mucho frío, como nunca. Estoy temblando, Rafa.

—Es porque has perdido mucha sangre.

—Lo… lo siento, pero… yo tengo… ahora…

—Lalo, escúchame, en tres minutos estamos contigo. ¡Tres minutos! Atrás, en el coche está una cobija, te llevamos una cobija, para que ya no tengas frío.

—Tengo mucho frío.

—¡Te llevamos la cobija!

—Rafa…

—Sí.

—Sabes qué, no quiero.

—¿Qué?

—Vivir. Yo ya no quiero vivir.

—Lalo, ¡tú no te des por vencido! ¿Ya no te acuerdas? Nosotros hicimos un pacto. Tú y yo. Lo prometimos, ¡carajo! Tú y yo.

—Rafa...

—¡Lalo!

Ya no hay respuesta.

—¡Lalo! —grita Rafa por el celular—. ¡Ya veo la iglesia!, ¡ya casi estamos allá!, ¿me escuchas, Lalo? ¡Di algo! ¡Di algo! Una palabra. ¡Solamente una palabra!

Rafa oprime el celular con fuerza contra su oreja.

Le parece escuchar algunos ruidos, pero no sabe si es la lluvia o el rumor de los truenos, o si en realidad los ruidos vienen del celular.

Latisha mete el Mitsubishi en una calle lateral, pero lo frena con tanta fuerza frente a la entrada lateral que las llantas se bloquean y el coche empieza a patinar sobre la calle mojada.

Rafa abre la puerta aun antes de que el automóvil se detenga. En la mano izquierda lleva la bolsa de plástico con los vendajes, y en la derecha el celular, corre en el aguacero hacia la puerta de la entrada lateral.

En ese momento, cae un rayo cerca.

El trueno hace que la tierra tiemble.

—¡Trae la cobija! —le grita a Latisha.

Rafa no espera a Latisha. Con el celular en la oreja, jala la pesada puerta y entra en la penumbra de la iglesia.

La iglesia casi vacía, sólo está una señora vieja y un hombre también viejo, ambos están arrodillados en una de las hileras de bancas.

El ambiente está fresco, huele a incienso y a cera de velas; también a telas viejas y al recubrimiento de cal en las paredes.

Rafa encuentra a Lalo detrás del altar lateral, donde está la imagen de San Ignacio.

Lalo está acostado en un charco de sangre sobre el piso de mosaico, tiene la cabeza entre los brazos doblados; una pierna estirada y la otra encogida.

La vibrante luz de las velas danza sobre la figura doblada.

Rafa se arrodilla junto a Lalo, se inclina sobre él y pronuncia su nombre en voz baja.

En ese momento, Latisha le da la vuelta al altar. Cuando ve a Lalo tirado en el suelo, presiona la cobija hacia su cuerpo y a la vez los puños contra la boca, para reprimir un grito.

—¡Lalo! —le habla otra vez Rafa, lo toma por los hombros y lo levanta.

La cabeza de Lalo cae sobre el hombro de Rafa. El celular, que había estado agarrando con los dedos de su mano derecha, cae en el charco de sangre.

Rafa coloca su brazo sobre los hombros de Lalo, para poderlo apoyar y le lanza una mirada desesperada a Latisha.

—¡Ya no respira, Latisha! —exclama—. Creo que está muerto.

Latisha tira la cobija al suelo y se arrodilla. Coloca el dorso de su mano izquierda junto a la cara de Lalo, mientras sus dedos de la mano derecha buscan el pulso en la muñeca ensangrentada.

Latisha siente un soplo muy leve de Lalo sobre la piel de su mano.

—Todavía respira, Rafa. Y puedo sentir su pulso. Todavía está vivo. Tenemos que pedir ayuda a alguien. Una ambulancia, o…

—¡No! Aquí en Juárez no tiene chance. Tenemos que pasarlo al otro lado.

—No lo resistiría. Su pulso es muy leve. Se puede morir en el camino.

—¿Y si viene la policía? A la mejor lo matan en la ambulancia durante el traslado. O más tarde, en el hospital. Él se volvió un sicario. Para salvarle la vida tenemos que intentar pasarlo por la frontera.

—No todos los policías en México son…

—Sólo se necesita alguien que se deje pagar para asesinarlo, un policía, alguien en la ambulancia o en el hospital.

—¿Y si no sobrevive el trayecto hasta El Paso? ¿Tú quieres asumir esa responsabilidad, Rafa? Tú quieres...

—No me quiero pelear contigo. ¡Ayúdame, por favor! Lo colocamos en la cobija y lo cargamos hacia afuera a tu coche. En diez minutos estamos del otro lado y...

—¿A dónde lo quieres llevar?

—A donde sea, en donde podamos atender sus heridas.

—Necesita ayuda médica, ¡tiene que ir a un hospital!

—La obtendrá. Loretta sabrá lo que hay que hacer. Y tu mamá puede...

—¿Mi mamá? Rafa, ¡no podemos ir con él a mi casa!

—¡Ven, mejor ayúdame! Hablaremos de eso cuando estemos en El Paso.

—¿Y qué pasa si nos revisan en la frontera?

—Con esta tormenta no nos van a detener. Lo acostamos atrás y lo cubrimos. Con un poco de suerte, pasamos.

Latisha niega con la cabeza, pero le ayuda a Rafa a colocar el cuerpo inerte de Lalo sobre la cobija extendida. Cuando Rafa deja resbalar con cuidado el torso de su amigo, Lalo abre los ojos brillosos por la fiebre.

—Rafa —musita y trata de levantar la cabeza, pero le faltan fuerzas.

Rafa coloca con cuidado una mano en la nuca de Lalo para apoyarlo. El cabello está pegajoso de sangre. También su cara tiene mucha sangre. Casi no hay ninguna parte de Lalo que esté limpia.

—¿En dónde te hirieron, Lalo?

—Dos balas. En el pecho —se queja Lalo—. Una me traspasó. La otra debe estar adentro. La siento a pesar de los dolores. Dolor en todas partes. Y tengo mucho frío, como nunca, Rafa.

—¡Te vendamos y te pasamos por la frontera!

—¿Pasar por la frontera?

—Allá nos va a ayudar Loretta.

—Esta vez no —dice en voz muy baja Lalo. Todo su cuerpo empieza a tiritar. Sus dientes cascabelean.

—¿Por qué hace tanto frío aquí?

—Está lloviendo. Ven, déjanos ver tus heridas. Yo te ayudo a levantarte.

Rafa apoya a Lalo hasta que está sentado. Latisha le ayuda a quitarse la camisa empapada de sangre. Lalo tiene una herida del tamaño de un puño del lado derecho del pecho. Aunque está directamente debajo de la clavícula, Rafa no encuentra ningún orificio de salida.

La otra bala traspasó su pecho un poco más abajo.

—Es verdad, una bala se quedó dentro, Lalo. Las heridas están sangrando. ¡Toma estas pastillas!

Rafa le mete varios analgésicos en la boca, pero Lalo no los puede tragar.

—Necesita agua —Latisha se levanta y sale corriendo. Al poco tiempo regresa con una botella de agua.

Mientras tanto, Rafa empieza a vendar el torso de Lalo. Latisha se arrodilla y le pone la botella en los labios. Él bebe algunos tragos y logra pasar las pastillas. Lalo deja de beber. De sus labios brota sangre. Tose.

—¡Se está ahogando con su propia sangre! —grita Latisha—. Déjame llamar para que nos ayuden.

Latisha quiere levantarse, pero Rafa la retiene del brazo.

—¡Lo pasamos por la frontera! —la voz de Rafa tiembla. Tiene a Latisha agarrada por el brazo—. ¡Ayúdame! ¡Juntos lo podemos lograr! Créeme, Lalo es tenaz, lo conozco. ¡Quiere vivir!

Lalo deja de toser. Los ojos se le cierran. Rafa deja que el cuerpo de su amigo se recline lentamente sobre la cobija.

Cierran la cobija, pero dejan que su cara salga un poco para que pueda respirar. Lo arrastran alrededor del charco de sangre sobre los mosaicos del piso, pasan junto al altar y siguen por el pasillo central de la iglesia hasta la salida lateral.

Cuando el hombre viejo, que está en una de las bancas, los ve, se persigna varias veces. No puede creer lo que está pasando frente a sus ojos.

—¡Ustedes son del diablo, almas perdidas! —les gruñe con una voz rasposa—. ¡Salgan de esta casa de Dios! ¡Fuera, fuera de aquí! ¡Regresen a su cueva de pecados y aquí déjennos en paz!

Rafa y Latisha no le hacen caso ni a él ni a la mujer, que les muestra sus dedos huesudos como si fuera un cuervo feo.

Rafa abre la puerta de una patada.

Afuera llueve a cántaros y está tan oscuro que parece que el sol ya se ha ocultado.

Rafa y Latisha cargan a Lalo al coche y lo acomodan en el asiento de atrás. Latisha se sienta detrás del volante, gira la llave y espera a que Rafa se suba. Luego mete reversa, maniobra el Mitsubishi y entra en la calle lateral, que da la vuelta alrededor de la iglesia hacia la avenida principal.

No son ni dos kilómetros hasta la frontera.

La calle está encharcada. El agua corre como si fuera otro río en dirección al Río Grande. Los autos que vienen en sentido contrario salpican el agua contra el parabrisas del Mitsubishi.

Latisha aumenta la velocidad del limpiaparabrisas y enciende las luces. Delante de la garita hay una fila de automóviles. Con la mano temblorosa, Latisha saca sus papeles de la guantera, la tarjeta de identidad y el pase de la frontera.

El acceso hacia el puente y la garita de la aduana está reforzado con malla de alambre y alambre de púas.

Ahora ya no pueden regresar. Su única posibilidad está en el aguacero. Quizá los dejen pasar con una simple seña con la mano. A la mejor no.

Rafa siente cómo el sudor le brota por todos los poros.

Trae el pelo mojado pegado sobre la frente. Aprieta los puños y reza.

Reza por Lalo, así como lo había hecho desde siempre.

—¡Jamás te volveré a pedir algo, si ayudas a Lalo! —ruega mientras aprieta los puños con tal fuerza que los nudillos le empiezan a doler.

Los agentes de la aduana están parados debajo de un techo. Si quieren revisar algún automóvil lo desvían hacia un estacionamiento. A los otros conductores les indican que se sigan.

Uno levanta su mano para detener a Latisha.

Ella baja la ventanilla y le muestra sus papeles. El hombre los mira brevemente, luego se agacha y mira hacia Rafa.

—¿Todo *okey*? —pregunta.

Rafa asiente. Sus puños siguen totalmente apretados.

—¿Qué fueron a hacer del otro lado, muchachos?

—Visitamos a nuestra abuela —dice Latisha.

—¿Traes tus papeles, muchacho?

—Seguro —Rafa le muestra su identificación.

El agente tampoco le presta mayor atención. Se endereza.

—Sigue adelante, muchacha —dice.

Latisha sube la ventanilla. Al mismo tiempo intenta arrancar, pero su pie resbala del pedal mojado del *clutch*. El Mitsubishi da un brinco. El motor se para.

Latisha se estira hacia la llave y la gira. En eso, el agente vuelve a inclinarse y toca la ventanilla mojada.

—¡Síguete! —ordena Rafa.

El agente da un paso atrás y se levanta cuando Latisha arranca, ésta vez sin problema.

Cuando finalmente dejan atrás el puente, Rafa se relaja. Da la vuelta en el asiento y se inclina sobre Lalo.

Lalo tiene los ojos abiertos.

—¡Lo logramos! —Rafa abre la cobija un poco más—. Ya pasamos.

La boca de Lalo se encoge.

A Rafa le parece que quiso sonreír.

—Te vamos a llevar a un lugar seguro —dice Rafa—. ¿Puedes aguantarte otra media hora, Lalo?

Lalo mueve los labios cubiertos con costras de sangre, pero las palabras que quiere pronunciar salen mudas de su boca.

Latisha entra al estacionamiento de un McDonalds.

—¿A dónde quieres ir?

—Tengo que ir al baño.

—¿Ahora? Precisamente ahora tienes que...

Rafa calla cuando Latisha mete el Mitsubishi entre dos autos estacionados y golpea contra un poste. El vidrio del faro derecho estalla.

Latisha cae sobre el volante. Su cabeza se hunde entre sus brazos, los cuales había colocado sobre el volante. Empieza a sollozar. Sus hombros se contraen en pequeñas convulsiones. Rafa le coloca la palma de su mano sobre la espalda corvada.

—Perdóname, Latisha —dice en voz baja.

Ella llora sin poder detener su llanto, y todos los intentos de Rafa para tranquilizarla, no sirven de nada.

La lluvia sigue golpeando sobre el techo del automóvil. Un grupo de niños sale gritando del McDonalds. Atraviesan corriendo el estacionamiento hacia una camioneta Van. Una mujer corre junto a ellos.

Hay una patrulla de la policía del otro lado del estacionamiento. Dos policías jóvenes se bajan y desaparecen en el McDonalds.

—Latisha, tenemos que llevar a Lalo a un lugar seguro.

Ella alza la cabeza. Mira a Rafa con los ojos rojos, la cara llena de lágrimas.

—Él no debe morir.

Ella asiente y se limpia las lágrimas con la mano.

—Ya sé —suelta con la voz apagada.

Luego abre la puerta y rápidamente atraviesa el estacionamiento. Rafa la ve desaparecer en el McDonalds, y en ese momento recuerda a los dos policías de la patrulla. Se pregunta si Latisha los irá a traicionar con esos policías. Es poco probable. Al cruzar la frontera había tenido la oportunidad de informarle quién iba en la parte de atrás del Mitsubishi al aduanero.

Y a pesar de todo, Rafa no está seguro. Preocupado sigue observando la puerta del McDonalds.

Después de unos largos minutos sale Latisha. Corre sola por el patio y se sienta detrás del volante.

—¿Cómo sigue Lalo? —le pregunta. Su voz de nuevo suena firme.

—Está inconsciente —contesta Rafa—. Tenemos que apurarnos.

Latisha arranca el Mitsubishi y sale del estacionamiento hacia la calle.

En la siguiente esquina dobla hacia el poniente, en dirección a la casa de sus padres.

Rafa se asoma por la ventana trasera. Parece que nadie los sigue. De por sí, con la brizna que levantan las llantas, casi no puede reconocer más allá de la silueta que proyectan algunos coches que por casualidad van en la misma dirección.

Ha dejado de llover cuando entran en la angosta calle que a través de un tramo de desierto lleva a la casa de los padres de Latisha. El camino está inundado, lleno de huellas de automóviles y de hondos baches.

Las profundas zanjas de la calle están cubiertas por completo con un lodo café. En algunas partes, las hondonadas están tan amplias que el agua levantada salpica hasta por encima del capote del motor y se embarra contra el parabrisas.

Latisha maniobra el vehículo con cuidado para evitar quedarse atorada o golpear contra una piedra que esté cubierta por el agua.

Para los dos kilómetros que hay entre algunas pocas casas hasta la suya, Latisha necesita casi veinte minutos.

Cuando llegan, Rafa nota de inmediato que el espacio al frente, cubierto de grandes charcos, está completamente inundado. Hay varios surcos profundos en los que se ha acumulado el agua; van en todas direcciones, como si aquí hubieran caminado varios vehículos sin ningún sentido, de un lado al otro.

Rafa echa una mirada hacia la casa, luego a la pequeña bodega. Él mismo se da cuenta de cómo aumenta su inquietud, y muy dentro incluso surge el pánico.

Su mirada vuela hacia el terreno baldío de junto que está cubierto por matorrales de espinas y pasto muy crecido. Allí hay varios árboles de mezquite que sobresalen de la hierba como pequeñas islas.

Rafa no logra descubrir nada por ninguna parte, nada que le indique un peligro concreto.

Y sin embargo siente que algo está mal.

—Vete más despacio —le dice en voz baja.

Latisha baja la velocidad, esquiva uno de los charcos más grandes y mira brevemente de lado a Rafa. Observa su cara tensa y el sudor que brilla sobre su frente.

—¿Qué tienes, Rafa?

—No sé lo que es, pero aquí algo no me checa.

El sol sale entre las nubes, con un color amarillo cegador. Eso solamente se presenta después de las tormentas cuando las nubes se dispersan y los rayos se reflejan en el desierto mojado. También brillan en las ramas de los árboles y la piel lisa de las cactáceas, igual que en cada espina de los matorrales, en cada hoja seca de pasto y cada hoja en el ramaje de los arbustos; reflejos de cada una de las resplandecientes piedras mojadas y los techos de lámina de las casas.

—¡Detente!

Latisha pisa el freno con fuerza.

Ahora él la mira. Ella no lo voltea a ver y mantiene su vista fija en la casa.

—¿A quién llamaste? ¿Le llamaste a Loretta? ¿O a tu mamá? Nos has delatado a los policías que estaban en el McDonalds.

Rafa interrumpe en medio de la oración, cuando nota un movimiento en la puerta abierta de la bodega. Durante un segundo cree reconocer los contornos de la figura que logra ver en la profunda oscuridad de la bodega y que desaparece inmediatamente.

Agarra a Latisha de su brazo derecho.

—¡Síguete! —grita Rafa—. ¡Tenemos que salir de aquí! ¡Ándale!, ¡ándale!

—Rafa, yo…

—¡Latisha, arranca inmediatamente! Allí hay gente de la mafia. Tenemos que irnos, antes de que…

Rafa no puede seguir. Junto a la bodega y al lado de la casa aparecen de pronto unos hombres con uniforme oscuro que tienen armas de fuego en las manos.

Al mismo tiempo sale Loretta de la bodega con un hombre al que Rafa no conoce. Está vestido de civil con un pantalón caqui y una camisa blanca. En el lado derecho de su cadera trae la funda de cuero de una pistola.

Salen de la sombra de la bodega hacia los rayos deslumbrantes del sol y se quedan parados a unos veinte metros del Mitsubishi.

Los hombres junto a la casa se reparten y se posicionan, en las manos llevan sus armas listas para disparar.

Al ver a los hombres, Rafa queda paralizado pero al ver a Loretta se le va la respiración.

—Sí nos delataste, Larisha —dice en voz baja—. Lo supuse. Desde el McDonalds le llamaste a Loretta.

—Lo tenía que hacer —le contesta Latisha igual de quedo—. Lalo solamente tiene una oportunidad, si empieza su vida de nuevo.

—Lo van a llevar frente al juez y van a encerrarlo, Latisha. Una vida detrás de los barrotes no es vida, no para Lalo.

—Sea lo que sea que haya hecho, lo hizo en México y no aquí. Además, Lalo es menor de edad y un ciudadano de USA. El hombre que está allá, junto a Loretta, es el detective Burton Mills. Él se encargará de que le den una oportunidad a Lalo.

Ahora Loretta camina hacia ellos. Mills la sigue a pocos pasos de distancia. Los demás hombres no se mueven. Pero están listos para intervenir, en caso de que sea necesario.

Latisha abre la puerta de su lado.

—Salte —le dice a Rafa—. Así ven que no estamos armados.

—¿No se lo dijiste a Loretta por teléfono?

—No había tiempo para ello. Yo solamente le dije que Lalo se iba a morir si no recibía atención médica pronto.

—Tu madre podría haber...

—Mi madre hace el mejor menudo de la región, ¡pero no es doctor, Rafa!

Latisha se baja. Rafa fija la vista en Loretta a través del parabrisas. En ese momento su cara le parece gris y acabada, sus ojos están cansados.

Rafa abre su puerta, pero no se baja. Gira sobre el asiento y se inclina sobre el respaldo. Lalo sigue acostado tal cual lo habían dejado. Sus ojos están cerrados, su boca ligeramente abierta. Rafa escucha su leve respiración. Respira a través de la boca. Su nariz está llena de sangre coagulada.

Detrás de la bodega sale una ambulancia y se dirige hacia el espacio frente a la casa. La sirena se escucha brevemente, como si alguien la hubiera prendido por equivocación.

—¡Rafa!

Rafa toca la cara de Lalo con los dedos.

—Yo no quería esto —le susurra—. Pero tal vez es mejor así.

—Deja que el médico lo vea —en sus oídos suena la voz de Loretta como de muy lejos.

Rafa se baja. Sus manos, su cara y sus ropas están manchadas de arriba abajo con la sangre de Lalo.

Loretta le estira la mano.

—Ven aquí, Rafa —le pide, pero él mueve la cabeza y abre la puerta posterior del Mitsubishi. Los paramédicos de la ambulancia corren para ayudarle a sacar a Lalo.

Lo colocan sobre una camilla, lo atan y rápidamente lo llevan al vehículo.

Rafa quiere correr detrás de ellos, pero Loretta se interpone en su camino.

—Quédate aquí, Rafa —le dice con voz enérgica—. Ahora tienes que dejarlo ir. Muy pronto recibirá la ayuda que necesita. Lo van a llevar al hospital y probablemente van a operarlo de inmediato.

—¿Y si se muere? Yo quiero estar junto a él cuando muera.

Rafa se suelta y corre hacia la ambulancia. Uno de los paramédicos le abre la puerta.

—¡Siéntate allí, muchacho! Y estate quieto. Pase lo que pase, tú te quedas quieto, ¿entendiste?

Rafa se sienta en el lugar que le indica el paramédico. El médico se voltea brevemente hacia él.

—¿Cómo se llama tu amigo? —le pregunta.

—Hilario. Hilario Gutiérrez.

—¿Y tú?

—Rafael Robles.

—¿Tú le pusiste las vendas?

—Sí, yo y Latisha. Estaba sobre el suelo en una iglesia en México.

—Tiene mucha suerte, Rafael.

—Nunca ha tenido mucha suerte, señor, desde que nació.

—Tiene suerte de que tú seas su amigo —contesta el médico, mientras le pone a Lalo una infusión de analgésicos y una solución de glucosa. En el otro brazo colocan el dispositivo para una trasfusión de sangre. Uno de los paramédicos compara el registro del tipo de sangre en la tarjeta de identidad de Lalo con la etiqueta que lleva una bolsa que cuelga en un gancho encima de Lalo.

Rafa ya no dice nada más.

Cierra las manos en puños y empieza a rezar.

EN UN QUIRÓFANO del University Medical Center de El Paso, durante horas los médicos intentan mantener con vida a Lalo.

Rafa espera afuera, sentado en una banca junto a una ventana.

Loretta y Latisha llegaron al hospital poco después de la ambulancia. Loretta fue a la cafetería por sándwiches y Coca Cola.

Casi no hablan sobre lo que sucedió. El ambiente en urgencias los inhibe. Sólo esperan a que por fin se abra la puerta y salga uno de los médicos para informarles cómo sigue Lalo.

Sólo surge un pequeño rayo de esperanza cuando una enfermera pasa sonriendo frente a ellos. ¿Es una señal de que Lalo todavía vive? Podría ser. Aunque también podría ser sólo una sonrisa de compasión.

Ya casi son las nueve, cuando por fin sale un médico del quirófano. Del cuello le cuelga el cubrebocas verde. Sobre su frente brilla el sudor.

El médico se dirige a Loretta.

—Soy el doctor Singh —se presenta—. El joven no tiene padres, ¿verdad?

—No, Hilario vive con nosotros en Casa Loretta. Yo soy Loretta.

—Ah, excelente. He escuchado mucho sobre usted y su trabajo, Loretta.

—¿Cómo va Lalo?

—Me temo que no muy bien. Todavía no logramos extirparle la bala. Está alojada cerca de la columna vertebral. Le localizamos dos heridas de bala, una de ellas es una perforación de poco peligro, la otra, sin embargo, hace que su vida peligre. La bala debe haber sido disparada desde una distancia muy corta. Fue frenada ligeramente por una medalla y desviada. Causó un caos dentro de la caja torácica y dañó el pulmón derecho, antes de atorarse finalmente en la columna vertebral.

—¿Eso que quiere decir, doctor? ¿Lalo tiene una oportunidad?

—Ha perdido mucha sangre...

—Usted esquiva mi pregunta, doctor Singh —interrumpe Loretta al cirujano—. Le he preguntado si Lalo tiene una oportunidad de salir con vida.

—A esa pregunta no le puedo dar una respuesta clara. Me parece que es un hombre joven y fuerte con toda la capacidad propia de su edad. Ha sobrevivido el camino de Juárez hasta aquí, y quién sabe lo que tuvo que soportar antes. Creo que va a pelear por su vida, Loretta. Que si lo logra, eso no se lo puedo decir.

El médico se dirige a Rafa.

—¿Tú fuiste por él a México?

Rafa afirma y al mismo tiempo señala a Latisha.

—Ella y yo.

—Hubiera sido mejor, haber alarmado a la policía en Juárez, hubiera recibido ayuda médica más pronto. La pérdida de sangre es grave. Sus venas ya se estaban secando. No me puedo explicar que todavía esté con vida.

—No... no se podía de otro modo —murmura Rafa.

—Correcto. Me puedo imaginar por qué fueron por él. Ahora les recomiendo que se vayan a casa. La cirugía todavía puede durar horas.

Rafa niega con la cabeza.

—¡Yo me quedo aquí!

—¡Yo también! —afirma Latisha.

—Nos quedamos —continúa Loretta.

—Eso me temí —contesta el médico—. Voy a conseguirles un cuarto con dos camas, así dos de ustedes pueden dormir, mientras el tercero se queda aquí de guardia.

Loretta le da las gracias al médico. Pero no utilizan la habitación.

Rafa no cierra un ojo. Latisha tampoco. Sólo a Loretta la vence el cansancio. Son las cuatro de la madrugada, cuando su cabeza cae sobre el hombro de Latisha.

A las seis se despierta, cuando el médico sale del quirófano. Luce muy cansado con los ojos rojos, pero sonríe.

Les estira el puño derecho, lo abre y les muestra un trozo de metal que apenas puede reconocerse como una bala.

—Esto es lo que le sacamos a Lalo. Alguna vez fue una bala cubierta de cobre. Si no hubiera perforado primero la medalla, Lalo hubiera muerto inmediatamente.

—¿Está bien? —pregunta Loretta llena de esperanza.

—No, aún falta mucho. Pero la bala está afuera. Lo mismo los fragmentos metálicos de la medalla. Además, hemos logrado detener las hemorragias. Pero su pulmón todavía nos preocupa.

—¿Podemos verlo?

—No, en este momento lo están suturando. Después lo llevaremos a terapia intensiva, donde estará bajo supervisión constante. Allí podrán verlo brevemente.

—¿Cuándo será eso?

—Aproximadamente en una hora.

—¿Qué van a hacer con la bala? —pregunta Loretta.

—Llamó un detective. Burton Mills. Él quiere la bala. Además, preguntó por ti, muchacho. Le dije que estabas aquí y que no parecía que pensaras huir.

Rafa siente que Latisha toma su mano y la oprime.

La presión de su cálida mano le da fuerza.

—La guerra allá abajo es el infierno —dice el médico.

—Los dos no tienen nada que ver con ella —dice Loretta.

—Ellos no —sonríe el médico y mira brevemente la bala en su mano. Luego señala hacia la puerta del quirófano—. Allá adentro, trajimos de regreso al muchacho.

LALO ABRE LOS OJOS cuando la sombra de Rafa está sobre él. Acostado en la cama de hospital, Lalo está inmóvil, el brazo derecho sobre el cobertor, unido con la bolsa de trasfusión que está colgada encima con un delgado tubo. No se mueven ni siquiera sus ojos. Los tiene fijos en un punto, como si intentara orientarse a partir de ese punto para regresar a la realidad.

Rafa se sienta en una silla junto a la cama y se recarga. Él sabe que le tiene que dar tiempo a Lalo. Mucho tiempo.

En algún momento, Latisha entra a la habitación.

—Está despierto —le dice y se abrazan. Se sostienen uno al otro, Latisha recarga su cabeza sobre el pecho de Rafa y oye latir su corazón.

—Estuvo despierto casi diez minutos, pero creo que no sabía en dónde estaba.

Esperan a que Lalo vuelva en sí de su desmayo, pero esperan inútilmente. Durante la segunda noche en el hospital despiertan a Rafa.

—Lalo ha despertado —dice la enfermera—. Si lo quieres ver...

Cuando Rafa llega a la habitación en la que está su amigo, los ojos de Lalo están cerrados.

Rafa se inclina sobre él.

—Lalo —murmura.

Lalo abre los ojos. Su vista ahora está más clara que el día anterior. Reconoce a Rafa y vuelve a cerrar los ojos.

La enfermera se acerca a la cama.

—Todavía no ha avanzado lo suficiente como para lograr permanecer despierto —se inclina sobre él, levanta un poco el párpado derecho de Lalo y con una pequeña lámpara alumbra el ojo. Luego le toma el pulso y se levanta—. Te van a llamar cuando vuelva a estar despierto —dice—. Lo siento.

—¿Puedo quedarme?

—Sí, sólo que es media noche —echa una mirada a su reloj de pulsera—. No son ni siquiera las tres.

—Está bien —dice Rafa.

Cuando la enfermera sale, se sienta en la silla junto a la cama.

La silla ya le resulta familiar. Se recarga. Estudia la cara de Lalo. Los profundos huecos de los ojos, las costras de los raspones probablemente causadas por algunas espinas; la hinchazón azul sobre la frente.

Por la nariz de Lalo entra una manguera delgada.

Rafa observa cada gota del líquido que sale de una bolsa y fluye al brazo de Lalo. Rafa está cansado. A veces se le cierran los ojos, pero no duerme. Cada ruido penetra con estruendo en su cerebro: la respiración plana de Lalo, los pasos de alguien por el pasillo, un avión lejano en el cielo nocturno, una sirena de la policía.

Luego la voz de Lalo.

—Rafa.

Rafa se estremece.

—¿Estoy de regreso?

La voz de Lalo es tan débil que Rafa apenas le puede entender.

Rafa se inclina al frente.

—Estoy de regreso, ¿verdad?

—Sí, estás de regreso, Lalo —le contesta Rafa en voz baja—. Estás de regreso.

—¿Y no voy a morir?

—No, tú no vas a morir.

Una sonrisa se posa sobre los labios de Lalo. Cierra los ojos por un momento, pero de inmediato los vuelve a abrir.

—¿Estás seguro?

—Sí, estoy seguro. Tú no vas a morir. Te lo garantizo.

—¿Qué harías, si me muriera?

—Tú no vas a morir.

—¿Qué harías, Rafa? ¿También querrías morir?

Ahora es Rafa quien cierra los ojos. Se recarga en la silla y mantiene los ojos cerrados, la voz de Lalo en los oídos.

Cuando Rafa vuelve a abrir los ojos, Lalo lo está viendo.

—Debemos estar juntos —dice Lalo en voz baja.

—Entonces, tú tienes que vivir. No hay de otra.

—Lo estoy intentando.

Lalo vuelve a girar la cabeza, sus ojos se dirigen hacia el techo. Lentamente se le cierran los párpados.

Horas más tarde llega Latisha a la habitación. Ha pasado la noche en su casa y está de camino al *college*.

Afuera despierta el día. Un nuevo día. Nueva vida.

Rafa se levanta de la silla.

—Tengo que salir —dice.

Salen juntos de la unidad de terapia intensiva y abandonan el hospital.

Sale el sol. El Paso despierta. Y del otro lado del Río Grande también despierta Ciudad Juárez.

Rafa se detiene y se dirige a Latisha.

—¿Me das un beso? —le pregunta.

—¿Ahora? —Latisha se sonroja ligeramente.

—Ahora —responde él.

Jim Colder mira cómo el joven se agacha y levanta una piedra del suelo. Le da la piedra a la muchacha. La joven observa la piedra. Le dice algo al muchacho. El muchacho se agacha y levanta una segunda piedra y nuevamente se la da a la muchacha.

Ahora los dos regresan a la gasolinera. La joven es muy hermosa. Ella mantiene las dos piedras en su mano cerrada y camina hacia el Mitsubishi.

La muchacha abre la puerta del acompañante y se inclina hacia el interior del coche. Luego saca una tarjeta de crédito de una mochila.

El joven está parado junto a la bomba de gasolina. Mira hacia el crucero. La muchacha cierra la puerta, camina hacia la bomba de gasolina, introduce la tarjeta de crédito en la ranura y teclea la clave.

El muchacho se da la vuelta y descuelga el despachador del gancho.

El contador empieza a zumbar.

Un profundo estruendo atraviesa Hickman. Cuando se desata la tempestad, los dos ya se han ido. El viento barre la lluvia por encima del crucero.

Jim Colder se levanta, camina hacia su tienda y cierra la vieja puerta de vidrio en la que están pegadas tantas calcomanías que casi no se puede ver a través de ella.

Pero Colder ni siquiera se tiene que asomar. Todo lo que ve son las imágenes de sus recuerdos.

El primer disparo, de Werner J. Egli,
se terminó de imprimir y encuadernar en octubre de 2012
en Quad/Graphics Querétaro, S.A. de C.V.
lote 37, fraccionamiento Agro-Industrial La Cruz
Villa del Marqués, QT-762040